Rainer Wochele

Der Katzenkönig

Eine Erzählung

KLÖPFER&MEYER

Denn es gehet dem Menschen wie dem Vieh; wie dies stirbt, so stirbt auch er, und haben alle einerlei Odem. Und der Mensch hat nichts mehr, denn das Vieh; denn es ist alles eitel.

Der Prediger Salomo 3, 19

Der Mensch fragt wohl einmal das Thier: Warum redest du mir nicht von deinem Glücke und siehst mich nur an?
Das Thier will auch antworten und sagen, das kommt daher, daß ich immer gleich vergesse, was ich sagen wollte –
da vergaß es aber auch schon diese Antwort und schwieg; so daß der Mensch sich darob verwunderte.

Nietzsche, »Vom Nutzen und Nachtheil der Historie für das Leben«

1

Doch, ja, die sind die Besseren.

Irgendwie.

Irgendwie sind die die Besseren.

Nur, dass sie eine andere Haut haben, nicht sprechen können. Aber Sauerbruch auf dem Gepäckträger sprach ja mit ihm. Und teilte mit, was da soeben vonstattengehe, passe ihm nicht. Er wolle wieder heim. Doch von daheim kamen sie gerade. Und mussten hin zu dieser Frau Doktor Schmückle-Bräuchle, Taubenheimstraße.

König fuhr am Fluss entlang und versuchte Sauerbruch die Zukunft in den buntesten Farben zu schildern, als einen einzigen, strahlenden, ihm nichts als beglückenden Lebensfortschritt. Das schien den durchaus zu beeindrucken. Er protestierte nur noch leise, sodass das Knacken und Klappern des Schutzblechs an dem alten Damenfahrrad, mit dem König in sämiger Luft am Radweg des Uferdamms unterwegs war, wieder deutlich vernehmbar wurde, ein Geräusch, wie König vorkam, widerwärtig und hinterhältig, als werde gleich das gesamte Fahrrad zusammenbrechen.

Dass sein neues Leben bei dieser Frau Doktor Schmückle-Bräuchle, Taubenheimstraße, ein riesiger Sprung, ein Quantensprung, König benützte das Wort Quantensprung, sein werde, versuchte er Sauerbruch klarzumachen. Der schien jetzt aufmerksam zuzuhören. Jedenfalls erhob er keinen Einspruch mehr, was König als Zustimmung nahm. Und ihm sagte, bitte, er solle doch so klug sein, wie er sich mit schräg gehaltenem Kopf immer gebe, und sich vor seine scharfen Augen führen, wie dürftig sein bisheriges Leben gewesen sei, bis man einander begegnet sei und Freundschaft geschlossen habe. Er, Sauerbruch, habe doch bis dahin eine ganz und gar armselige Feld-, Wald- und Wiesenexistenz geführt.

Ein Mann kam ihnen entgegen. Der schleppte sich mithilfe einer Krücke voran. Und schlenkerte bei jedem Schritt, wie man sah, sein linkes Bein auswärts, ehe er es wieder an den Körper zog und den Fuß aufsetzte. König, der dicht an den Rand des Radwegs fuhr, um vorbeizukommen, sah es und dachte, aha, Schlaganfall, rechte Gehirnhälfte, drehender Fuß. Der Mann schaute hin zu dieser Fuhre auf dem alten Damenfahrrad, auf dem so deutlich hörbar gesprochen worden war. Er unterbrach seine mühsame Fortbewegungsweise, blieb stehen, ließ das Rad vorbei und blickte dem Mann im Sattel kopfschüttelnd nach, der schon wieder sprach.

Und der jetzt sagte: »Also zu Frau Schmückle-Bräuchle, mein Bester.« Und wer Taubenheimstraße wohne, das könne er, Karlheinz König, ihm, Sauerbruch, sagen, sei gestopft bis über beide Ohren. Was schon allein aus den für ihn, König, in Aussicht stehenden Zweihundertfünfzig hervorgehe. »Du wirst ein Prinzenleben führen, mein Freund.«

Sauerbruch blieb stumm.

»Die wird dir den Arsch vergolden, mein Freund.«

Kein Ton von Sauerbruch.

»Den Schwanz wird sie dir versilbern«, sagte König und lachte lauthals und glucksend über das Klappern des Schutzbleches hinweg, während er mit stampfenden Tritten und katzenhaft gebuckeltem Rücken weiterfuhr. Der alte Göppel ließ sich wirklich nur sehr schwer treten. Er würde nicht nur das Schutzblech festschrauben, sondern auch die Kette kräftig ölen müssen, und sei's mit Salatöl.

Vier Uhr nachmittags.

Freitag. Anfang Mai.

Ein noch immer unternehmungslustiger Frühling, der so tat, als verstünde er sich bestens auf helle, flirrende Sommertage. Die Luft: warme Milch mit Honig. Und die Bäume am Uferweg protzten förmlich mit ihrem satten, jungen Grün, als könnte aus den Wipfeln jederzeit eine froschgrüne Fontäne emporschießen und alles einfärben. Schaute man zum Fluss hinunter, konnte man meinen, dort rekelte sich ein riesiges, lang hingestrecktes Tier mit leicht schmutzigbraunem Fell, ein gigantischer Marder vielleicht, Marder haben lang gezogene, im Verhältnis zu ihrer Länge nicht sehr breite Körper.

Und bei dieser Frau Doktor solle er sich, bitteschön, von Anfang an gut benehmen, ermahnte König nun den hinter sich. Er solle sich so benehmen, als gehöre er zu dieser Frau Schmückle-Bräuchle, auch wenn er nicht zu ihr gehöre, ein ganz anderer sei, als der, der ihr entlaufen sei, nur so ähnlich aussehe wie der Entlaufene. Aber er werde dann ja zu ihr gehören.

Kein Kommentar von hinten.

Und dann lachte König plötzlich wieder und ließ dieses Lachen mit Gekicher und mit Glucksiauten ausklingen, wie man es bei Buben hören kann, die sich einen besonders pfiffigen Streich ausgedacht haben, den sie sogleich ausführen werden. König katzbuckelte und stampfte in die Pedale.

Und Taubenheimstraße sei großartiges Gelände für einen wie ihn, fuhr König fort und spürte nun auf seinem Gesicht außer dem Fahrtwind auch noch leichten Gegenwind, der aufgekommen war, beiden beigemischt der Geruch nach altem, abgestandenem Wasser.

Gärten, begrünte Blockkerne, Villen aus der Bäderzeit, dazwischen exquisite Neubauten, der weitläufige

Kurpark mit seinem schönen, alten Baumbestand an die Taubenheim angrenzend, so schilderte König seinem Sozius das Ziel der Fahrt. Der Gottlieb Daimler, da sei er schon wohlhabend geworden durch seinen schnell laufenden Verbrennungsmotor, habe an der Taubenheimstraße am Rande des Kurparks ein stattliches Wohnhaus besessen, die Grundmauern seien noch sichtbar; seine ehemalige Werkstatt, in der solcher Fahrfortschritt begonnen habe, stehe nahebei, heute ein gläsernes Museum, so gab König kleinen stadtgeschichtlichen Unterricht. Einmal, zweimal gab Sauerbruch kurz Laut, was König als beipflichtende Kommentare verstand.

Kurz darauf fuhr König am Münstersteg die steile Rampe hinauf, um auf die andere Seite des Flusses zu gelangen, von wo aus die Taubenheimstraße auf direkterem Weg zu erreichen war, musste aus dem Sattel und in Wiegetritt und hoffte, das Geschaukel des Fahrrades würde Sauerbruch nicht allzu sehr irritieren, ihm gar Magenprobleme mit Erbrechen verursachen. Na, das wäre ja dann ein blamabler Auftritt bei Frau Doktor.

Als König oben auf dem Münstersteg entlangfuhr, für einen Moment flussabwärts blickte, das wie gelähmt daliegende Wasser sah, rechts von Weinbergen im steilen Hang gesäumt, links drüben, jenseits von Uferbäumen, Radweg und mäßig befahrener Talstraße die Häuser des Vororts sah und dann auch, in der Entfernung, am Rande des Stadtteils oben im Hang des Rieselfeldes das honiggelbe Gartenhaus seines generösen Schulkameraden Hartle Specht, dazu auch den kleinen Schuppen und das ehemalige Spielhaus, den Ort mithin, von dem man gekommen war, erfasste ihn auf einmal eine ganz leichte wie lindgrüne Stimmung. Es geht dir doch gut, dachte er. Auch wenn es dir ziemlich schlecht geht. Aber genaugenommen geht es dir doch bestens in all deiner Lebensschlechtigkeit. Und diese Frau in der Taubenheimstraße wird dazu beitragen, dass es dir heute noch ein bisschen besser gehen wird. Sofern Sauerbruch nur richtig mitmacht.

Auf der anderen Flussseite führte vom Münstersteg eine Rampe abwärts. Dort geriet König heftig ins Schlingern, weil er einer Frau mit Kinderwagen ausweichen musste. Aus dem Kinderwagen schrie es so schrecklich heraus, als werde darin soeben ein Tier drangsaliert.

Sauerbruch missverstand offenbar solch eine Kinderwagenstimme. Laut jammerte er mit.

»Ruhig Blut«, rief ihm König zu und steuerte abwärts. »Gleich ist alles vorbei und Frau Doktor drückt dich an ihr Herz.«

König klingelte.

Eine Frauenstimme schlüpfte aus dem edlen schwarzen Lautsprecher des Haustelefons.

»König«, sagte König, »Doktor König hier, guten Tag …«.

Und dann sagte er, was zu sagen war.

Die gläserne, von grauem Edelstahl umfasste Haustür schnarrte vornehm.

Erdgeschoss hatte es geheißen.

Als er Sauerbruch in der blauen Transportbox den eleganten Hausflur entlangtrug, spürte er, wie dessen Körper darin hin und her schaukelte. Sehr verhaltene Tonlage jetzt vonseiten Sauerbruchs. Dann, in der Wohnungstür, braunes Edelholz, Frau Doktor Schmückle-Bräuchle. Blaue, straffe Erscheinung. Mit etwas Kleinem, Flachem am Ohr über dunkelblauer Kostümjacke. Die sah sehr nach Business aus. Anscheinend war sie gerade eben erst aus ihrem gewiss sehr streng möblierten Büro irgendwo in der Innenstadt nach Hause gekommen. Und musste schon wieder telefonieren.

»Einen Moment, Carsten, einen Moment«, befahl die Blaukostümierte in die Flachheit an ihrem Ohr hinein. »Da bringt mir soeben jemand meinen Räuber zurück. Aber du bleibst dran, bitte, ja, Carsten, bleib dran.«

Mit einem energischen Schwung ihres linken Arms bat sie König in den Flur herein, vorbei an einer eleganten Kommode mit Spiegel, und weiter ins Wohnzimmer, dessen Tür offen stand. Sie stöckelte König voran, die Hand noch immer am Kopf, als habe sie schmerzhafteste Mittelohrentzündung. »Doch, ja, aber natürlich, Carsten«, sagte sie, »wir müssen rasch zu einer Entscheidung kommen, aber einen Moment noch.«

Als König den Transportkäfig öffnete und Sauerbruch in sein neues Zuhause entließ, führte der sich sofort großartig auf. Fand König. Keine Spur von Magenproblemen oder gar Erbrechen. Sauerbruch, das konnte man sehen, verhielt sich mutig, zeigte sich neugierig, war gleichzeitig aber auch vorsichtig. Nicht im Entferntesten wirkte er verschreckt oder gar eingeschüchtert. Dieses Benehmen ging nach Königs Einschätzung auf Sauerbruchs grundsätzlich couragiertes Verhalten in allen Lebenslagen zurück. Außerdem musste es mit dem Blau des Kostüms von Frau Schmückle-Bräuchle zusammenhängen. Und mit dem das Wohnzimmer wuchtig und ausladend beherrschenden Riesensofa. Denn das war auch blau.

Blau ist gut, dachte König. Blau ist sehr gut. Blau mag Sauerbruch, mögen seinesgleichen. Rot etwa ist denen völlig egal. Ja, sie können es nicht einmal sehen. König wusste das. Er war Fachmann. Und dieses Riesensofa wirkte wie eine enorme, aus flüssigem, samtenen Blau bestehende Riesenwelle, die hier, in diesem Wohnzimmer, soeben zum Stillstand gekommen war und mit ihrer quellenden Üppigkeit jedermann aufforderte, sich auf ihr niederzulassen.

Was, wie König vermutete, Sauerbruch bereits im Sinn hatte. Und dies, obwohl Frau Doktor Schmückle-Bräuchle auf einmal schrill und kleinmädchenhaft wurde, ihre schwarzen Pumps in einer irgendwie intim wirkenden Bewegung abstreifte, ohne dabei die Hände zu benützen, dann auf ihren bestrumpften Füßen neben Sauerbruch in die Hocke sank, ihr Telefon neben sich aufs Nussbaumparkett fallen ließ, während piepsige Töne daraus hervordrangen. Daraufhin veranstaltete sie eine wahre Streichelorgie, die Sauerbruch, wie König fand, sehr tapfer und sehr mannhaft über sich ergehen ließ.

»Räuber, du mein lieber Räuber, mein Schatz«, herzte sie zu Sauerbruch hin und schluchzte beinahe. »Ausreißer, du lieber elender Ausreißer.« Abermals erklang ein Schluchzen. »Aber wie siehst du denn aus, du Stromer, du siehst ja ganz mitgenommen aus. Ich erkenn dich ja kaum wieder.«

König hielt einen Moment die Luft an, runzelte die Stirn, sagte aber nichts. Ruhig stand er in der Tür und beobachtete, was vor sich ging. Man sah, Sauerbruch schmiegte sich jetzt förmlich in die Streichelhände dieser Frau hinein.

Nein, er hatte sich in seinem Freund nicht getäuscht. Unter den immer zärtlicher werdenden Frauenfingern verhielt der sich wunderbar. Und wer würde denn zärtliche Frauenfinger nicht genießen wollen?

Die verstehen alles, dachte König. Sauerbruch versteht alles. Die sind einfach die Besseren. Die besseren Menschen sind die. Und während sich König nun bequem gegen den Türrahmen lehnte und alles beobachtete, dachte er wieder, wie schon am Radweg, an den griechischen Schriftsteller Nikos Kazantzakis, an denjenigen, der den Roman »Alexis Sorbas« geschrieben hatte. Kazantzakis hatte er schon während seines Studiums in Hohenheim gelesen. Und einmal war sein Kommilitone Tomek Grossmann, mit dem er sich eine Wohnung teilte, in sein Zimmer hereingekommen, wie immer ohne anzuklopfen, hatte ihn lesend angetroffen, und, während Tomek immer wieder auf diese widerwärtige Art seine Fingerknöchel hatte knacken lassen, hatte er hämisch gesagt, er, Karlheinz, solle doch besser die Fachliteratur lesen als solches sentimentales Romanzeug. Dass ihm Tomek, mit dem er sich zum Ende ihres Studiums zerstritten hatte, nach Jahren noch einmal in die Quere kommen würde, noch dazu, wie vor wenigen Wochen geschehen, auf diese unangenehme Weise, das hätte er sich nicht träumen lassen.

König schob diese Gedanken beiseite, holte sich stattdessen jenes Wort von Kazantzakis aus dem Gedächtnis, das er bruchstückhaft bereits am Flussufer memoriert hatte und das da lautete: »Glaubt mir, sie sind die Besseren, haben auch eine Seele, sind auch Menschen, nur dass sie nicht sprechen können …, frühere Menschen sind sie.«

Frau Doktor riss ihn in die Gegenwart zurück. »Wo haben Sie ihn denn aufgegabelt, meinen Liebling?«, fragte sie und blickte zu König herauf, während sie sich noch immer neben Sauerbruch in der Hocke befand und den behandelte, als gelte es, einen verloren geglaubten Liebhaber wieder für sich zu gewinnen. »Da, er schnurrt«, rief sie plötzlich ganz spitz. »Hören Sie, er schnurrt. Er schnurrt, weil er wieder daheim ist.«

König hörte nichts. Aber das mochte täuschen. Die Frequenz von dreißig bis vierzig Hertz, mit der, wie er wusste, normalerweise geschnurrt wurde, war vom menschlichen Ohr in einiger Entfernung oft nicht mehr zu vernehmen.

König nannte das Erstbeste, das ihm einfiel und nuschelte etwas von einem Weinkeller seines Nachbarn – hatte er einen Nachbarn? Nein, er hatte keinen Nachbarn, dort, wo er derzeit hauste – wohin »der Bursche« durch ein offenes Fenster geschlüpft sei, wohl um einen guten Tropfen zu verkosten. Er lachte. Sein Nachbar habe zwar einen hervorragend sortierten Weinkeller, fantasierte er weiter, habe aber mit solchen Burschen nichts am Hut, sei allergisch gegen

Katzenhaare. »Er hat mich gebeten, ihm den Eindringling abzunehmen.«

König lachte wieder sein Bubenlachen.

Frau Doktor lachte auch.

Und als König dann rasch das Finanzielle ansprach, erhob sie sich, trat zu dem niedrigen Glastisch vor dem blauen Riesensofa, griff zu ihrer Handtasche, die dort stand, zog ihr Portemonnaie heraus und gab König einen Hunderter und vier Fünfziger. Auf dem Anschlag, den König an einem Baum in der Martin-Luther-Straße entdeckt gehabt, abgelöst und mitgenommen hatte, waren neben einem Foto des Entlaufenen, der auf den Namen Räuber höre, neben Namen, Telefonnummer und Adresse als Finderlohn zweihundertfünfzig genannt worden. König bedankte sich, faltete die Scheine zusammen und schob sie in die Tasche seiner alten Jeans.

Er nahm die Transportbox auf und verabschiedete sich. Das Telefon, das noch immer auf dem Parkett lag, gab wieder ein Zischeln von sich. »Ja, Carsten, sofort«, rief Frau Schmückle-Bräuchle zu dem Gerät hinunter. »Dann geh' halt in Pharmawerte. Ja, klar, geh in Pharmapapiere, okay, okay!« Das Zischeln verstummte.

Und schon wandte sie sich wieder Sauerbruch zu, der zwischenzeitlich auf der blauen Riesenwoge Platz genommen hatte. »Räuber, du wirst hungrig sein«, liebelte sie den halb schluchzend an. »Komm, Räuber, komm, komm, komm …«, so lockte sie Sauerbruch. »Da werden noch Krabben für dich da sein.«

»Sie finden hinaus«, rief sie König zu, und dann hörte man sie in der Küche, deren Tür sie offen gelassen hatte, klappern und hantieren. Was, wie König noch sah, Sauerbruch dazu veranlasste, gleichsam gnädig von der blauen Riesenwoge herunterzuspringen und langsam auf die Lockrufe aus der Küche zuzustolzieren.

Großartig, einfach großartig, dachte König und lächelte. Und in Gedanken sagte er: Tschüss, Sauerbruch, du bist der Allerbeste. Und während man aus der Küche die Stimme von Frau Schmückle-Bräuchle hörte – »Gleich, Räuber, gleich« – worauf laut und kräftig ein fordernder Ton von Sauerbruch zu vernehmen war, schlich König hinaus und schloss leise die Wohnzimmertür hinter sich.

Als er im Flur an der Kommode vorbeikam, sah er dort einen Zettel liegen, an den mit einer Büroklammer mehrere Geldscheine geheftet waren. Das blaue Behältnis am Griff haltend, beugte er sich zu dem Zettel und las. Der war an eine Frau Najko gerichtet, und es hieß, sie solle diesmal die Fenster putzen und alle Türen waschen. Ansonsten alles wie immer, hieß es. König stellte die Transportbox auf den Boden, lauschte einen Moment lang Richtung Küche und murmelte dann: »Tut mir leid, werte Putzfrau, aber

Frau Doktor wird Ihnen Ihren gerechten Lohn nicht vorenthalten, auch wenn die Siebzig hier verschwunden sind.« Er löste die Geldscheine von dem Zettel. Als er sie zusammenfaltete, um sie zu den dreihundert Euro in seine Tasche zu stecken, fiel sein Blick in den Spiegel über der Kommode.

Nanu, wen sah er denn da?

Kannte er den?

Er meinte, er müsste den kennen.

Er sah einen vierzigjährigen Kerl, der so aussah, als sei er soeben von einer Trekking-Tour im Himalaya gekommen, wo er sich natürlich wochenlang nicht hatte die Haare schneiden lassen können. Nicht, dass ihm, König, dieser Trekkingmann, der fast einen Anflug von Reinhold Messner hatte, unsympathisch gewesen wäre. Das nicht. Sein volles, hellbraunes Haar, ein mächtig und wild auswuchernder Schopf über den noch nicht sehr ausgeprägten Geheimratsecken. Die Ohren von langen Haarbüscheln verdeckt; bei Messner war das ja alles schwarz. Und dann, Lachfalten um die Augen. Der hatte offenbar dort, im Himalaya, mächtig was zu Lachen gehabt. König zog eine Grimasse zum Spiegel hin.

Draußen schnallte er den blauen Transportkäfig, in dem er Sauerbruch hergebracht hatte, mit drei überkreuzten Spanngummis auf dem Gepäckträger des alten Damenfahrrades fest, das noch immer getreulich an der Kastanie lehnte, an der er es abgestellt hatte. Ein paar rote Kastanienblüten lagen auf dem Sattel. Er pustete sie weg und beschloss, sich mit einem Haarschnitt zu zivilisieren. Sonst bestand am Ende noch die Gefahr, dass ihn bei weiteren ähnlichen Aktionen, die ja erfolgen mussten und erfolgen würden, die Leute nicht recht ernst nahmen. Ja, ein Haarschnitt musste her. Den er sich angesichts seiner heutigen Einnahmen durchaus leisten konnte. Ein Haarschnitt im Salon »haar-fein«, wo ihn diese Friseuse, Lisamaria – in Gedanken nannte er sie Friseuse – in den vergangenen Jahren immer bestens bedient hatte und in den auch seine Frau Christiane immer ging. Ob sie dies auch in jüngster Zeit noch tat, wusste er nicht.

Als er auf das Rad stieg, dachte er wieder an Sauerbruch. Und er dachte, bitte, es geht doch. Du bringst den Leuten so einen, der nicht der ist, der ihnen entlaufen ist, der aber demjenigen, der auf dem Foto auf der an einen Baum gepinnten Suchanzeige zu sehen war, ziemlich ähnlich sieht, und schon sind sie glücklich. Auch diese Liebe macht blind. Und ob Frau Doktor Schmückle-Bräuchle glücklich war, als Sauerbruch in ihr Wohnzimmer hineinspaziert ist …!

König ließ es auf der Taubenheimstraße Richtung Sportklinik abwärts rollen. Das Schutzblech klapperte. Doch jetzt schien ihm dies eine gar nicht so unangenehme Begleitmusik zu sein. Er klopfte mit flacher

Hand auf seine Hosentasche, spürte das schmale Bündel. Es ging ihm doch gut. Natürlich ging es ihm gut. Trotz seiner Misere. Die er, wie er sich eingestehen musste, ja selbst verschuldet hatte. Nein, er hätte bei Neckar-Pharma Plochingen wahrlich nicht zu kündigen brauchen. Und mit Christiane hätte er sich eben arrangieren sollen, anstatt die gemeinsame Wohnung zu verlassen. Vielleicht kriegte der Jüngere ja hin, was seine, Königs, Biologie all die Jahre nicht hergegeben, was sich Christiane aber so sehr gewünscht hatte.

2

Ob er Urlaub habe.

Nein, keinen Urlaub.

Also habe er frei, einen freien Tag. Ein langes Wochenende.

»Ja, schon.«

»Wie schön für Sie.«

»Ja, schon, irgendwie.«

Da werde sich seine Frau aber freuen.

»Sagen Sie, Lisamaria, war sie eigentlich in letzter Zeit hier?«

König hatte Glück gehabt. Normalerweise musste man sich bei »haar-fein« einen Termin geben lassen.

Als er sein Rad am Nachbarhaus angelehnt und dann durch die große Scheibe ins Innere des Salons geblickt hatte, hatte er Lisamaria im Gespräch mit einer ihrer Kolleginnen stehen sehen. Sie hatte ihn dann sofort drangenommen, ein Kunde hatte überraschend abgesagt.

Vor anderthalb Wochen sei seine Frau hier gewesen, antwortete Lisamaria. Und sie habe um eine neue Frisur gebeten, fuhr sie fort. Ihre alte wirkte doch immer etwas streng. »Wir haben ihr dann etwas ganz Frauliches, Schmeichelndes gemacht.« Doch die neue Frisur seiner Frau müsse ihm, dem Doktor König, doch aufgefallen sein. So schick und verändert, wie seine Frau den Salon dann verlassen habe. Lisamaria lachte.

»Na ja«, sagte König und sah im Spiegel hinter sich Lisamaria stehen, die ein zwar heiteres, aber auch zugleich verdutztes Gesicht machte.

König zögerte einen Augenblick. Aber wie es so ist, mit den Jahren und in vielen Gesprächen beim Haareschneiden, und Lisamaria sprach gern mit ihren Kunden, war zwischen König und seiner Friseurin etwas wie eine freundschaftliche Vertrautheit entstanden.

Und so sagte er: »Na ja, wir sehen uns seit Neustem nicht mehr so oft.«

»Aha?!«, sagte Lisamaria und schaute noch verdutzter drein, wie König im Spiegel sehen konnte. Sie beugte sich dann aber geschäftig über seinen Kopf und schnitt. Die Heiterkeit war aus ihrem Gesicht gewichen.

Man sei ein bisschen auf Distanz zueinander gegangen, sagte König nach einem kurzen Moment halblaut und starrte auf die Haarbüschel, die auf dem schwarzen Umhängetuch über seinen Knien lagen, hellbraune Rückstände seiner selbst. »Wissen Sie«, fuhr er fort, »manchmal ist es besser, man geht etwas auf Abstand und sieht dann, wie es weitergeht.«

»Ja, aber ja, natürlich …«, sagte Lisamaria mit einem Anflug von Servilität, und dann schien es, als konzentriere sie sich mit Schere und Kamm ausschließlich auf Königs seitliche Kopfpartie und auf die Büschel über seinen Ohren, und sie rutschte ins Schwäbische hinein, was etwas wie warme Nähe, ja Intimität hervorrief, wie das oft geschieht, wenn man miteinander Dialekt spricht.

Das tue ihr aber schon »gottsallmächtig« leid, sagte sie, da man hier im Salon den Herrn Doktor und seine Frau doch schon so lange kenne.

Nachdem König im Friseurstuhl Platz genommen hatte, hatte er nur verlangt: »Wie immer.« Worauf Lisamaria gesagt hatte: »Schön, aber zuerst wird Bettina Sie verwöhnen.« Dann war sie in den hinteren Räumen verschwunden. Diese Bettina kam, war wohl eine Auszubildende, und wollte alles besonders gut machen. Und machte es auch gut mit Shampoo, warmem Wasser und ausgiebiger Kopfmassage. Die hatte König mit geschlossenen Augen genossen. Und er hatte dabei auch wieder an Sauerbruch und an die Hände der Frau Schmückle-Bräuchle gedacht und verwundert festgestellt, wie eine so einfache Kontaktangelegenheit wie eine Kopfmassage nach dem Haarewaschen dermaßen wohltuend sein konnte, sodass man sofort ein Loblied anstimmen wollte auf die Geheimnisse der Biologie. Auf Nerven, Haut und Haare und auf die Fingerkuppen einer jungen Frau. Von Frauen die Haare geschnitten zu bekommen, hatte für König schon immer einen sinnlichen Beigeschmack gehabt, kamen einem dabei doch, legitimiert durch diesen nüchternen Vorgang, Frauenhände und Brüste ziemlich nahe, sodass es manchmal nur einer raschen Drehung des Kopfes bedurft hätte, und man hätte seine Wange an einen fremden Busen schmiegen können. Mein Gott, hatte König gedacht, was sind wir Menschen doch für streichelbedürftige Viecher, Tiere, die sich ihrer selbst immer wieder vergewissern wollen, indem sie dem Artgenossen auf die Pelle rücken, sich lausende Schimpansen waren ihm eingefallen und Pferde, die einander an den Mähnen knabberten.

Schließlich war Lisamaria mit ihrem fahrbaren Gerätewagen angerückt und hatte ihn unter Schere und

Kamm genommen. König wusste aus vielen Plaudereien beim Haareschneiden, Lisamaria hatte Abitur, hatte danach ihre Friseurmeisterprüfung gemacht, war unter den Frauen im Salon so etwas wie die graue Eminenz, war eine gebildete, an vielen Dingen interessierte Frau von vielleicht fünfunddreißig Jahren. Ihr Vater war Italiener, Süditaliener aus Bari, ihre Mutter war Schwäbin. Lisamaria frönte in ihrer Freizeit einem ungewöhnlichen Hobby, von dem sie König manches Mal erzählt hatte. Sie war Amateur-Konditorin, Chocolatière, wie sie das auch nannte, und verbrachte nach Feierabend manche Stunde in der Backstube des wohl bekanntesten Konditors der Stadt, der für seine Kuchen, Torten und Pralinés berühmt war und der seine Konditorei nebst kleinem Café hier im Stadtteil unweit des Salons »haar-fein – Ihr Team« betrieb.

Ja »gottsallmächtig« leid tue ihr das mit ihm und seiner Frau, sagte Lisamaria abermals, nachdem sie geprüft hatte, ob Königs Koteletten gleich lang waren.

So sei das eben, sagte König, da könne man nichts machen. »Das Leben geht weiter.« Und dann fragte er Lisamaria nach ihren »Konditorenkünsten« und ob sie noch immer in Kontakt mit Konditor Reiber sei, worauf sie ihm berichtete, dass man sich derzeit gemeinsam auf einen Konditorenwettbewerb vorbereite und als Präsentationsstück einen Schwan auf blauem

Wasser, einem See, inmitten von Seerosenblättern kreiert habe. Der Körper des Schwans, beste Torte, die Seerosenblätter, weiße Schokolade, »nicht ganz einfach eine solche süße Plastik, wir tüfteln noch«.

Nachdem König Lisamarias Arbeit an seinem Kopf im Handspiegel gelobt, mit einem Fünfziger von Frau Schmückle-Bräuchle bezahlt und vom Wechselgeld reichlich Trinkgeld gegeben hatte, meinte er, Lisamaria drücke ihm zum Abschied die Hand eine Spur fester und länger, als sie dies ansonsten immer getan hatte. Ja, sie berührte ihn am Oberarm und ließ ihre Finger dann zu seinem Handgelenk hinuntergleiten, als seien diese krabbelnde Käfer, ihre Fingernägel schillernde Rückenpanzer.

Bevor König zum Rieselfeld hinausfuhr, kaufte er im Supermarkt in der König-Karl-Passage drei Packungen von diesem Spaghettigericht Miràcoli sowie das nötige Hackfleisch, wahrscheinlich kochte Lisamaria vorzüglich italienisch, dachte er noch und schmunzelte. Das Weinregal war gut bestückt. Er griff zu einem Strümpfelbacher Nonnenberg, Schwarzriesling Spätlese, und zu einem Schnaiter Sonnenberg, nicht ganz billig, die Flaschen, die er sich aber heute gönnen wollte. Dank, Frau Doktor Schmückle-Bräuchle, Dank Ihnen.

Dann etwas für die daheim.

Aha, dachte er, bist du schon im Rieselfeld daheim? Oder haben nur die dir ein paar heimatliche Gefühle eingepflanzt?

Als König am Rieselfeld aufgetaucht war und sich dann mit seinen paar Habseligkeiten eingerichtet hatte, hatte er sie nach ein paar Tagen alle mit neuen Namen ausgestattet. Wie sie wirklich hießen, konnte er ja nicht wissen, und Specht hatte sich diesbezüglich nicht geäußert. Ihre Charaktereigenschaften hatte König als Fachmann rasch herausgefunden und auch ihre Geschlechtszugehörigkeit. Es war eine Laune gewesen. Jedenfalls hatte er sie nach berühmten Persönlichkeiten und Pionieren der Medizingeschichte benannt.

Und also warf er jetzt für Christiaan Barnard, für Hippokrates, für Frau Ignaz Semmelweis, für Frau Röntgen in seinen Einkaufskorb: Geflügel und Wild in Gelee, Barnard würde sich drauf stürzen, Putenhäppchen in heller Soße, Frau Semmelweis würde behutsam und ängstlich kosten, und auch Hippokrates käme bedächtig herbei. Lachspastete mit Forellenstückchen auf Joghurt-Gelee, Frau Röntgen war ein verschmustes Schleckermaul, und für alle reichlich Knuspertaschen mit Lachs. Und da er sich jetzt die Ration für Sauerbruch sparen konnte, sich momentan finanziell auch besser gestellt sah, nahm er die teureren Marken und alles in ausreichender Menge.

Seinen Einkauf verstaute er in der Transportbox auf

dem Gepäckträger des Fahrrades, was ihm, als er das Gittertürchen wieder schloss, aus Gründen, die ihm nicht ganz klar waren, diebische Freude bereitete. Heiter gestimmt schob er hinüber zur Stirnseite der Marktstraße.

Dort hörte er sofort, dass oben im dichten Blattwerk der Platane, die dort stand, die bunten, exotischen Schreihälse wieder einmal mächtig lärmten, als befänden sie sich in ihrer Heimat im südamerikanischen Regenwald. Er blickte hinauf, das Fahrrad am Lenker haltend, konnte sie aber im Grün des Baumes, grün, wie sie am Körper waren, nicht entdecken. Psittacidae, repetierte er in Gedanken ein wenig Hohenheimer Lehrstoff. Hakiger Oberschnabel, Greiffuß. Außerordentlich modulationsfähige Lautäußerungen. Und ja, man hörte, die schrien mal forsch mit spitzem Endlaut, mal quarrend beiläufig, krächzten dann wieder gepresst, als hätten sie den Wesen da unten etwas mitzuteilen, was diese absolut nicht hören wollten. König mochte sie, und er freute sich jetzt darüber, dass sie auch heute wieder so selbstbewusst ihre Existenz behaupteten, hier, wo sie eigentlich gar nicht hingehörten. Und dass sie auch noch frech herunterkackten, sodass, wie man sah, der Boden unter der Platane weiß gesprenkelt war, fand er herrlich.

Er stieg auf und fuhr schutzblechklappernd langsam durch die belebte und von Geschäften gesäumte

Marktstraße Richtung Brücke. Am Erbsenbrunnen, der sein Mineralwasser jedermann feilbot, sah man Leute sitzen, darunter auch zwei junge Frauen mit Kopftuch, die mit ihren Zungen Kaltes bearbeiteten, Katzen behandeln so ihre Pfoten, wenn sie sich putzen. Und König, der dies im Vorüberfahren sah, dachte daran, dass felis libyca forma catus, dieses Haustier, im Islam als das einzige reine Tier galt.

Die Luft, noch immer wie verdünnte Kondensmilch. Der leichte Wind wischte ihm angenehm kühl über den Nacken, dort, wo sie ausrasiert hatte, die mit ihrem Händedruck. Der Tag bietet dir doch etwas, dachte König. Und wenn es nur die sanften Finger einer Friseuse oder die Stimmen der exotischen Schreihälse sind. König merkte, wie er wieder in jene Gemütsverfassung hineingeriet, die er für sich immer lindgrün nannte, meine lindgrüne Stimmung. Einmal klingelte er. Niemand stand ihm im Wege.

Jenseits der Brücke bog er auf den Radweg am Flussufer ein.

3

Der hatte geredet und geredet. War noch immer der sich supergescheit gebende, geschwätzige, ein wenig angeberische Kerl, der er früher schon gewesen war. Jedoch alles in allem ein nicht unsympathischer, irgendwie netter Dauerredner eben. Und kumpelhaft direkt und hilfsbereit ist er schon damals zu gemeinsamen Schulzeiten gewesen.

Das Rieselfeld heiße so, hatte Specht doziert, weil sich dort oberhalb des Hanges die stadtbekannte Zuckerfabrik befunden habe. Einige Gebäude sehe man heute noch. Das Wasser, mit dem man die Zuckerrüben gewaschen habe, habe man in Wannen und kleine Teiche geleitet, wo sich die Rückstände abgesetzt hätten und das überschüssige Wasser über den Hang zum Fluss hinuntergerieselt sei. Rieselfeld eben. »Seit ich dort Grund gekauft habe, habe ich mich ein bisschen schlaugemacht.« Die Arbeiter der Zuckerfabrik hätten das Gelände als Gärten und Felder nutzen dürfen. In jüngster Zeit habe man im Hang des Rieselfeldes eine breite Terrasse mit Spazierwegen angelegt. »Dort steht unser Gartenhaus«, hatte sein ehemaliger Mitschüler gesagt.

Als König zwei Tage später mit ihm dort hinaufgefahren war, Specht seinen schweren Geländewagen vor dem Tor des eingezäunten Areals geparkt und dann aufgeschlossen hatte, hatte er zu König, der gerade seine beiden Koffer aufnahm, zurückgerufen, er, der Karlheinz, werde staunen, wie gut das Häusle ausgestattet sei. Strom, Wasser, Dusche, Klo, kleine Küchenzeile, kleines Schlafzimmer. Alles da. »Musst halt ein paar Sachen von der Vorbewohnerin wegräumen und raus in den Schuppen stellen.« Deren Sohn habe das Meiste ohnehin mitgenommen.

Langsam hatte König seine beiden Koffer auf das Gelände geschleppt. Die Aussicht war herrlich. Man konnte weit ins Tal hinausschauen und sogar den Fluss sehen.

König hatte Hartle Specht, den früheren Schulkameraden, in der König-Karl-Straße getroffen.

Nachdem Christiane die Tür der gemeinschaftlichen Wohnung leise hinter ihm ins Schloss gezogen hatte, durchaus nicht erbost oder gar vorwurfsvoll, wie ihm vorgekommen war, seine zwei Koffer standen schon auf dem Treppenabsatz, hatte er noch sekundenlang auf ihre vor der Tür stehenden schwarzen Schuhe mit den halbhohen Absätzen gestarrt, die er immer so gern an ihr gesehen hatte. Neben ihren Schuhen standen zwei weiße, verschmutzte Laufschuhe mit hohen Sohlen. König war kein Läufer. Christiane war es auch nicht. Eines der breiten, weißen Bänder des einen Laufschuhs lag über der Spitze des rechten schwarzen Stöckelschuhs von Christiane.

Für die ersten Tage war König in seinem Stadtviertel im günstigen Hotel »Wiesbadener Hof« untergekrochen. Und als er eines Tages unterwegs war, um sich am Daimlerplatz am Kiosk die beiden Tageszeitungen der Stadt zu kaufen, in deren Anzeigenteil er nach einem preiswerten Zimmer oder nach einer kleinen, billigen Wohnung suchen wollte, hatte auf der Höhe des Cafés Reiber ein großer Geländewagen gehupt, hatte angehalten, und Specht war herausgesprungen, hatte ihn überschwänglich begrüßt und ihm die Hand auf die Schulter gehauen, als wollte er ihm das Schlüsselbein brechen.

Das kennt man ja, man lebt in derselben Stadt, und wenn es eine Großstadt ist, kann es vorkommen, dass man sich jahrelang nicht begegnet. So war es auch ihnen beiden ergangen.

Er komme soeben von seinem Urologen, hatte Hartmut Specht mit jener distanzlosen Offenheit getönt, die er schon zu Schulzeiten gehabt hatte. »Ein Spitzendoktor, kann ich dir sagen. Wenn du mal einen Urologen brauchst, den kann ich dir empfehlen. Sag, der Specht schickt dich, und schon hast du einen Termin.« Seit Jahren leide er unter Blasenentzündung, die auch sein Superdoktor nicht wegkriege. Die gängigen Antibiotika schlügen aus irgendwelchen Gründen bei ihm nicht mehr an. »Man bräuchte halt wirklich ein neues, gescheites Medikament.« Noch sei es kein Blasenkarzinom, na ja … Und ohne Übergang fügte er hinzu, auf das zufällige Wiedersehen nach so langer Zeit müsse man jetzt aber unbedingt einen trinken.

Sobald man im Café Reiber saß, Heilbronner Stiftsberg bestellt hatte, tischte Specht Lebenserfolge auf. Konrektor, demnächst Schulleiter. Er nannte den Namen eines renommierten Gymnasiums im Westen der Stadt. »Fächer: Chemie und Mathe, was sonst?« Und passionierter Wanderer. Berggeher eigentlich. Die beiden Söhne und die Frau immer dabei. Sie male. Ziemlich gute Künstlerin. Ausstellungen immer wieder. »Gibt Kunst bei uns an der Schule.«

Der Wein kam, man prostete sich zu.

»Und du …?«, fragte Specht schließlich.

Da wollte König auch ein bisschen Lebensleistung präsentieren, einerseits. Andererseits aber wollte er aus seiner momentanen Lage kein Geheimnis machen und dem alten Kumpel in dessen gar nicht einmal so unsympathischen Offenheit nicht nachstehen. Er nannte seine Promotion, verwies auf beachtete wissenschaftliche Aufsätze in der Fachpresse, sagte, »verheiratet, keine Kinder, nein, keine Kinder«, erläuterte seine letzte Funktion bei Neckar-Pharma Plochingen und merkte, wie er ins Sinnieren geriet, bald nur noch zu sich selbst sprach, und vielleicht tat auch der Heilbronner Stiftsberg am hellen Vormittag seine Wirkung. Jedenfalls schloss er ein wenig später seinen Bericht, indem er sagte, irgendwann sei ihm in der Firma seelisch und intellektuell die Luft ausgegangen, der Boden zu dünn geworden. Und dann sei in der Firma noch etwas dazugekommen, fuhr er fort und starrte in sein Weinglas, und da habe er eben hingeschmissen.

»Wie? Gekündigt?«

»Ja.«

»Und jetzt …?«

Arbeitslos. Man habe ihn als unsicheren Kantonisten auf eine Schwarze Liste der Branche gesetzt. »Und wenn du da drauf bist, kriegst du so schnell nichts mehr.« Und aufs Land in eine Praxis habe er nicht gehen wollen.

So ging das Gespräch noch eine Weile hin und her, bis Hartmut Specht schließlich zusammenfasste: »Gekündigt also. Und dann von der Frau getrennt. Na, du bist tatsächlich noch immer der alte Idealist und Dogmatiker, der du damals am Schickhardt schon gewesen bist. Kriegst du doch Arbeitslosengeld oder nicht?«

Man habe seinen Kündigungsgrund nicht anerkannt. Und in solchen Fällen werde eine gewisse Zeit lang erstmal nicht gezahlt. Er bekomme momentan nichts. Ein paar Ersparnisse seien noch da. Und er sehe zu, dass er auf die eine oder andere Weise an ein bisschen Geld komme.

»Wirst du dich scheiden lassen?«

»Sie will es.«

»Wird dich auch was kosten.«

Warum König dem anderen all das erzählte, er war mit ihm am Gymnasium nicht einmal dick befreundet gewesen, hätte er nicht sagen können. Und allein, dass er mit Spechts Offenheit gleichziehen wollte, reichte als Begründung eigentlich nicht aus. Hatte ihn seine Misere stärker angegriffen, als er dies wahrhaben wollte? Ja, hatte sie ihn gleichsam ausgehöhlt und seine inneren Widerstandskräfte so sehr geschwächt, dass es nur dieser zufälligen Begegnung bedurft hatte, um etwas wie einen seelischen Dammbruch auszulösen, bei dem es ihm wohltat, von sich selbst zu sprechen?

Jedenfalls, als er erklärt hatte, jetzt halte er nach einer kleinen, preiswerten Wohnung oder nach einem Zimmer Ausschau, hatte Specht das Rieselfeld und dort sein Gartenhaus ins Spiel gebracht, wo bis vor Kurzem ihre jüngst verstorbene Putzfrau gewohnt und dort auch eine richtige Menagerie betrieben habe. Sie habe nach einer Mieterhöhung ihre Wohnung im Hallschlag nicht mehr bezahlen können. Und da seine Buben seit einiger Zeit nicht mehr ins Rieselfeld hinaus wollten, diese warm dampfende Familiensuppe, die dort immer gekocht werde, wie sie behaupteten, schmecke ihnen nicht mehr, habe man eben Frau Kesselschmitt dort wohnen lassen. Deren Sohn habe ihr alles mit seinem Einverständnis so hergerichtet, wie sie es hatte haben wollen, auch als sie dann die vielen Viecher um sich geschart habe. Vor drei Wochen sei sie gestorben. Seine, Spechts Frau, sei immer wieder hinausgefahren, habe das Getier versorgt, habe dort auch gemalt.

Als König an jenem milchwarmen Frühlingsfreitag, an dem Sauerbruch diese Frau Schmückle-Bräuchle vor ihrem ultramarinblauen Wohnzimmergletscher so couragiert und männlich, aber auch elegant und gleichmütig getäuscht und deren Hände so wonnig in Bewegung gebracht hatte, im Rieselfeld das Tor aufschloss, das Rad mit dem eisvogelblauen Transportkorb auf dem Gepäckträger auf das Gelände schob und dann unter dem Schlafzimmerfenster an die schmetterlingsgelbe Wand des Gartenhauses lehnte, kamen sie daher.

Er sprach mit ihnen.

Sie antworteten.

Sind doch die Besseren. Aber ja, natürlich. Der Kazantzakis hatte schon recht.

Die einzige Lautäußerung, die man ihnen gemeinhin zuschrieb, und die kleine Kinder mit viel »Iiii« und viel »Aauuu« nachmachten, wenn sie eine von ihnen sahen, variierten seine Rieselfelder, wie er sie nannte, seit er hier eingezogen war, zu einem tondifferenzierten Klanggemisch aus Begrüßungsfreude, sanfter Schmeichelei, ungeduldiger Erwartung auf Nahrung und Nähe.

Und ob die die Vorzüglicheren sind.

Und er dachte wieder einmal, ja, er hat das richtige

Studienfach, die richtige Profession gewählt. Auch wenn sich die Dinge bei Neckar-Pharma schließlich so entwickelt hatten, nachdem Tomek Grossmann dort aufgetaucht war, und er, König, nun keine Anstellung mehr hatte. Aber die würde er sich schon suchen. Und vorerst konnte er hier hausen. Ich danke dir, Hartmut Specht, ich danke dir, du alter Angeber. Seine Ersparnisse hielten noch. Und seine Finanzen würde er immer wieder aufbessern – er brauchte unbedingt auch einen Computer und einen Bildschirm – indem er Entlaufene und per Anschlag Gesuchte suchte, fand, zurückbrachte, Belohnungen einstrich. Oder indem er eben einen oder eine von seinen Rieselfeldern ausgab für einen Findling.

Es ging ihm nicht schlecht. Auch wenn er in nicht geringen Widerwärtigkeiten steckte. Allein, wenn er an Christiane dachte. Aber in seiner jetzigen Lage hatte er vor allem auch die Möglichkeit, was ihm auf den Nägeln brannte, darzulegen, niederzuschreiben. So wie er es vorhatte. Niederschreiben als Aufsatz. Als Artikel. Als schmales Buch vielleicht sogar. Also bitte. Und Stoff hatte er genug. Seine Beobachtungen bei Neckar-Pharma. Diese dort für ihn immer ungenießbarer werdende Luft und dann auch noch der Grossmann. Aber wie hatte Christiane schließlich gesagt? Deine Kündigung ist Wahnsinn, Karlheinz, ist völlig unangemessen. Und sie hatte ja recht.

Auch mit den Händen sprach er mit ihnen, kraulte hier eine Stirn, strich dort über einen Rücken, klopfte Frau Röntgen die Flanke. Nur Hippokrates blieb reserviert, war zwar aus dem Palast gekommen, hatte um die Ecke des Gartenhauses gelugt, hatte dann auch ein paar Tapper auf das allgemeine Begrüßungsgetümmel zu gemacht. Hatte sich dann jedoch in einigem Abstand würdevoll ins Gras gesetzt und beobachtet. Hippokrates war nicht fröhlich, das sah man. Aber er war auch nicht mürrisch. König wusste, er war ein geduldiger und sorgfältiger Beobachter, der sich auf alles einen Reim zu machen schien. Oh, Hippokrates, du alter struppiger Kerl. Sollte ich dich einmal weggeben müssen, mir bräche das Herz.

Wind, man spürte, Wind schlenderte durchs Tal, stieg den Hang herauf, hatte Wassergeruch bei sich und ein wenig Rauchgeruch. Unten bei den Kleingärten mochte jemand altes Strauchwerk verbrennen. König wischte sich mit der Hand über den ausrasierten Nacken, dort, wo ihn der Wind gestreichelt hatte. Drüben im Stadtteil stieg spitz und metallisch ein Ton in die Luft, der Kirchturm.

Während er die beiden Flaschen Wein, die Miracoli-Schachteln, das Hackfleisch aus der Transportbox nahm und damit zur Tür des Gartenhauses hinüberging und aufschloss, berichtete er lautstark, dass »unser Sauerbruch« heute im Fach Klugheit sein

Meisterstück gemacht habe und direkt ins Herz einer reichen Dame hineinspaziert sei. »Der hat Edelversorgung auf Lebenszeit.« Wahrscheinlich werde ihn diese Dame sogar in ihr Schlafzimmer lassen, wo er auf einer Batistdecke über ihren Füßen ruhen dürfe. »Und die Dame hat sehr schöne Füße, ich habe sie gesehen, liebe Katzen-Leute. Und wie jeder von euch weiß, ist es für Euresgleichen, aber auch für unsereinen der Himmel, in einem Schlafzimmer bei einer Dame weich zu liegen.«

Lindgrüne, flirrende Stimmung in ihm, grün wie der Körper mancher Schmetterlingsraupen. König verstaute im Haus das Hackfleisch im kleinen Kühlschrank der Küchenzeile. Zwei der Miracoli-Schachteln verwahrte er im Hängeschrank, das andere Fertiggericht ließ er am Ablauf der Spüle liegen, das würde sein Abendessen werden. So wie das auch während seiner Studentenzeit in Hohenheim in der gemeinsamen Wohnung mit Tomek Grossmann oft gewesen war.

Widrigkeiten …?

Durchaus.

Aber doch auch Vergnüglichkeiten!

Als er Christiane einmal gebeten hatte, Pasta aus diesem Fertiggericht zu machten, hatte sie entsetzt aufgeschrien: »Willst du meine Geschmacksnerven töten?«

Er griff zur Weinflasche. Strümpfelbacher Nonnenberg, wie das schon klang. Schon das hatte Geschmack.

Er schmunzelte, stülpte die Lippen vor. Und unter und hinter ihm ließen sie ihre Stimmen hören, als freuten auch sie sich auf den Wein.

Man hörte es draußen scheppern. König ging hinaus. Man sah, das Fahrrad war mitsamt der Box umgestürzt, und aus dem offenen Türchen schoss der schwarze Barnard heraus und flitzte geduckt und mit angelegten Ohren um die Ecke Richtung Palast. Der hatte wohl den Inhalt inspizieren wollen und war irgendwie auf das Rad hinauf und in die Box gekommen. »Na warte, Bürschchen«, rief ihm König nach und lachte glucksend. »Wahrscheinlich bist du der Nächste. Da ist neulich auf einem Anschlag so einer gesucht worden. Sah dir ziemlich ähnlich. Fetter Finderlohn, Sportsfreund.«

König mochte es, so mit seinen Rieselfeldern zu sprechen. Es erinnerte ihn immer ein wenig daran, wie er als Kind mit seinem Bruder gesprochen hatte, wenn sie unterm Wohnzimmertisch mit einer Decke Bärenhöhle gespielt hatten. Und auch Christiane und er hatten manchmal einen solchen Ton angeschlagen, etwa wenn sie sich kleine, nicht ganz ernst gemeinte Vorwürfe machten. Oder einmal, nach der Liebe, als sie sich im Schlafzimmer wieder anziehen wollten, schon neben dem Stuhl standen, auf den sie zuvor hastig ihre Kleider geworfen hatten, und sie auf das geblickt hatte, was da noch immer von ihm wegstand, und mit Kleinkinderstimme geflüstert hatte, heute habe es der Aal dddemacht. Sie spüre es ganz deutlich, der Aal habe heute Ttristiane ganz tief drinnen dddanz lieb geküsst. Und dann hatte sie zu ihrem BH gegriffen und ihm den drübergehängt und gejuchzt: »Büstenhalterständer!« Und er hatte sie lachend hochgehoben und zum Bett getragen, während sie an seiner Schulter gewispert hatte, sie wünsche es sich halt so sehr. Vier Tage danach hörte er sie morgens im Bad verhalten weinen. Später sah er die Schachtel mit ihren Tampons auf der Spiegelkonsole liegen.

Er richtet das Rad auf. Lehnt es gegen die Hauswand. Wieder schleicht Wind um die Ecke, hat jetzt keinen Brandgeruch mehr im luftigen Gepäck. König nimmt die Dose mit Geflügel und Wild in Gelee und die Becher mit Lachspastete und Putenhäppchen in heller Soße und auch die Knuspertaschen aus der Box, geht damit zum ehemaligen Spielhaus der Specht-Buben. Das steht links hinter dem Gartenhaus. Hartle: Seine Jungs hätten das Spielhaus immer ihren Palast genannt. Also nennt er, König, es auch Palast. Im Inneren mehrere unterschiedlich hohe Podeste, zwei Kratzbäume mit erhöhten und gepolsterten Sitzplätzen. Der Sohn von Frau Kesselschmitt hat das alles offenbar so hergerichtet.

Plastikschüsseln als Toiletten, Wassernäpfe, Futterschalen. An einer der Wände ein Poster mit springenden Delfinen. In einer Ecke der Sack mit Streu, fast leer. Unten in der Tür eine bewegliche Klappe für freien Zugang. Solch eine Klappe auch draußen im Maschendrahtzaun hinterm Haus.

König schaufelt eingenässte, verkotete Streu in einen alten Plastiksack, schüttet frische Streu auf, er würde demnächst nachkaufen müssen. Wundert sich wieder, dass ihm der beißende Gestank nach Urin und Kot nichts ausmacht und es ihn vor diesem salmiakähnlichen Geruch nicht ekelt, ja, dass er ihn beinahe gern einatmet, den scharfen spitzen Schlag gegen seine Geruchsnerven mag. Er füllt die Wassernäpfe aus einer bereitstehenden Gießkanne nach. Sobald er die Dosen, dann die Becher öffnet, drängeln sie sich um seine Beine, lassen ihre Stimmen hören. Erst als er das Geflügel, die Stückchen Wild, die Lachspastete, die Putenhappen in die Fressschalen füllt, werden sie still, senken die Nasen in den Dunst nach Wild, nach Fisch. Er geht. Nimmt die Knuspertaschen mit als gelegentliche Belohnungsleckerei.

Drüben im Haus setzt er Wasser auf, gießt Öl in eine Pfanne, denkt einen Moment daran, dass er die Kette des Fahrrades schmieren, das Schutzblech fixieren will, holt das Hackfleisch aus dem Kühlschrank, gibt es in die Pfanne, greift zu einem Kochlöffel. Er zerstochert das noch klumpige Fleisch, schaltet dann die beiden Kochplatten des kleinen Herdes auf die richtige Stufe, wendet sich schließlich um und blickt in den Raum hinein.

Jetzt hört man vom Fluss her einen dunklen, rhythmischen Klang, ein dumpf ineinanderfließendes Klopfen, das zu einem tiefen Grummeln verschmolzen ist, als befinde sich dort unten eine mächtige Katze, groß wie ein Saurier, und die kröche langsam im Tal voran und schnurrte dabei. Er mochte den Klang der Schiffsmotoren, die man hier oben bei heraufwehendem Wind hören konnte.

Ein Gefühl der Wohligkeit durchströmte ihn. Und dann sah er auf dem Tisch zwischen Küchenzeile und Sitzecke seine alte elektrische Schreibmaschine stehen. Mit der war er schon durchs Studium gezogen, hatte sich, nicht zuletzt von Tomek Grossmann, als informationstechnischen Hinterwäldler verhöhnen lassen. Grossmann und die anderen schrieben längst auf PC und Laptop. Keine Einwände von Christiane, als er ihr mitgeteilt hatte, er werde seine alte Olympia compact S aus dem Keller holen, Wohnungsschlüssel habe er ja noch. Sie hatten nur einen Rechner, den ließ er ihr. Christiane hat ihm sogar ihren Wagen für den Transport geliehen.

Man sieht, ein Blatt steckt in der Schreibmaschine, daneben ein aufgerissenes Paket mit Schreibpapier.

Jetzt Salz ins Spaghetti-Wasser, Salz auch aufs Hackfleisch, einen Schuss Öl in den Wassertopf. Er rührt das Hackfleisch um, reißt die Päckchen mit Gewürzmischung und Parmesan auf, legt sie zurecht, fragt sich, warum er sich so leicht fühlt, warum sein lindgrünes Heiterkeitsgefühl wieder nach ihm greift. Er geht hinüber, zieht das dicht beschriebene Blatt aus der Maschine, tritt damit wieder an den Herd, greift neuerlich zum Kochlöffel. Und während er den in der Pfanne kreisen lässt, liest er.

Das Schnurren der Riesenkatze ist unten am Fluss weitergezogen, dem Hafen zu, Plochingen zu. Man hört das Hackfleisch leise brutzeln, die Kochplatte unterm Spaghetti-Wasser zischelt. Und während er liest, zieht Essensdunst träge durch den Raum und zur offen stehenden Tür hinaus.

Was ist das, was er da liest? Hat er das geschrieben? Das hat doch er geschrieben. Er muss sich wirklich bald einen Computer beschaffen, damit er das alles in den Bildschirm klopfen kann, die Sache könnte sich ausdehnen. Was für eine Sache? Seine Sache. Ist diese Sache eine ruhige, emotionslose wissenschaftliche Darlegung? Ist sie nicht. Zu viel Wertung. Immer wieder Wertung. Ist sie vielleicht eine Abrechnung? Und wenn es eine Abrechnung wäre, mit wem und womit? Abrechnen muss er doch allenfalls mit sich selbst. Er hat doch dieses Fach studiert, hat darin promoviert, hat doch diesen Beruf gewählt. Also Abrechnung? Und er hat vor dreieinhalb Jahren diese Anstellung bei Neckar-Pharma angenommen, gern angenommen auch, nach den Jahren im Hohenheimer Institut. Auch weil die Stelle beruflich anspruchsvoll und attraktiv war. Und ordentlich bezahlt obendrein. Bot Möglichkeiten für wissenschaftliche Publikationen. Was er genutzt hat. Was die Firmenleitung gern gesehen hat. Betriebsklima exzellent. Sozialleistungen außergewöhnlich. Er könnte dort noch angestellt sein, anstatt hier im Gartenhaus seines ehemaligen Schulkameraden Hartmut Specht zu stehen und sich Spaghetti zu kochen.

Er liest.

Er rührt in der Pfanne, aus der Fleischgeruch aufsteigt.

Er überspringt Wörter, Halbsätze, Sätze:

Immer wieder werde behauptet, liest er, dass solche … nötig seien, um Produkte sicher zu machen und neue Behandlungsmethoden für kranke Menschen zu finden … tatsächlich nicht geeignet, die Wirkung und Gefährlichkeit von Stoffen für den Menschen zu beurteilen … immer mehr Wissenschaftler, Politiker und Bürger, das … nicht halten, was man sich von ihnen versprochen hat … Ergebnisse nicht ohne Weiteres auf den Menschen zu übertragen. Das zuständige Gesetz lasse all dies jedoch zu, schreibe es sogar vor, wenn es dort heiße – für die Grundlagenforschung oder zur Prüfung von Substanzen auf gesundheitliche Unbedenklichkeit … als unerlässlich erachtet würden und wenn notwendige neue Erkenntnisse anders nicht erlangt werden könnten.

Der Hinweis auf das Gesetz kommt zu früh, ist hier nicht gut platziert, das wirst du ändern müssen. Er legt das Blatt auf die Ablauffläche der Spüle, öffnet die Tüte mit Tomatenmark, drückt es heraus und in die Pfanne, gibt die vorgeschriebene Menge Wasser hinzu, greift dann zum Tütchen mit der Gewürzmischung, streut sie übers Hackfleisch. Und während er mit dem Kochlöffel alles verteilt, nimmt er abermals das Blatt zur Hand:

»Jedes Jahr«, liest er, »leiden und sterben weltweit mindestens 115 Millionen … in den Labors der chemischen und pharmazeutischen Industrie, den Hochschulen und anderer Forschungseinrichtungen. In Deutschland sind es 2,6 Millionen Mäuse, Ratten, Affen, Hunde, Katzen, Kaninchen, Meerschweinchen.«

Da gehört ein Absatz hin. Er wirft einen kurzen Blick in die Pfanne, sieht, die Gewürze haben sich mit dem Fleisch vermengt. Ein angenehmer Pasta-Geruch steigt empor. Er schöpft ein wenig von dem Fleisch und der Soße auf den Kochlöffel, bläst das kühl, und als er kostet, ist er mit dem, was ihm seine Zunge vermeldet, zufrieden. Er schmeckt nach, schmatzt ein wenig, beginnt wieder mit den Kreisbewegungen in der Pfanne, liest dabei:

»… werden vergiftet, verstrahlt, verbrannt und verstümmelt, müssen hungern oder dursten, werden erstickt oder mit Elektroschocks traktiert, werden Infektionen, Entzündungen, Infarkte, Anfälle von Krebs hervorgerufen … Es werden ihnen Elektroden ins Gehirn gesteckt, die Knochen gebrochen, die Augen vernäht, die Organe entfernt und wieder eingepflanzt. … werden zu Messinstrumenten degradiert, die nach Gebrauch weggeworfen werden. Doch … sind keine Maschinen.«

Er brach ab. Sei genau. Sei noch genauer. Du hast dort gearbeitet, hattest gute Kolleginnen und Kollegen, eine verständnisvolle Firmenleitung, die ihr Bestes gegeben und die immer erklärt hat, man könne auf Tierversuche auf absehbare Zeit nicht verzichten, aber man könne kontinuierlich daran arbeiten, die Entwicklung von Alternativmethoden voranzutreiben und so weiter, und so weiter.

Er hielt in seinen Überlegungen inne. Und dachte, alles schön und gut, doch auf einmal ging es nicht mehr. Er konnte seine Bedenken nicht mehr mit Argumenten zerreiben, seine Skepsis nicht mehr mit dem Gewicht des Faktischen niederhalten, und dann tauchte auch noch Tomek Grossmann in der Firma auf, wird mit dieser Funktion betraut, und er, König, weiß, wo der zuvor seine Hand mit im Spiel hatte.

Er sieht sich an der Firmenpforte stehen, die Identifikationskarte an die Kontrollfläche halten, die Sicherheitsmaßnahmen sind streng. Für Besucher herrscht auf dem gesamten Werksgelände Fotografier- und Filmverbot, in besonders gekennzeichneten Bereichen dürfen keine Mobiltelefone benutzt werden. Er sieht sich über das Firmengelände gehen, das reichlich begrünt ist. Die Büro- und Labortrakte, die Gebäude für Forschung und Entwicklung, für die Biopharmazie, für die sterile Abfüllung biopharmazeutischer Proteinlösungen, die Hallen für die Edelstahltanks für Zellkulturen und Fermenter, sie bieten sich in hellen Farben dar. Kollegen überholen ihn. Man grüßt sich. Er geht rasch und leichten Schritts auf eines der Gebäude im hinteren Bereich des Geländes zu. Als er näherkommt, hört er von dort her Hundegebell. Und auf dem Gebell sitzt wieder der Zweifel …

Er merkte, er hatte noch immer das Blatt Papier in der einen, den Kochlöffel in der anderen Hand. Wenn er die Sache hier auf die richtige Länge bringen würde, sofern sie nicht ausuferte zum Umfang eines Buches, könnte er das der hiesigen Tageszeitung für die Wochenendbeilage anbieten. Ja, gut, er wird heute nach dem Abendessen weiterschreiben, der Nonnenberg wird ihm den richtigen Schwung verleihen.

Plötzlich hörte er den Deckel des Topfes mit dem Spaghettiwasser klappern. Das Wasser kochte über. Er ließ das Blatt Papier fallen, griff zum Deckel, hob ihn hoch und bekam sofort einen Spritzer des kochend heißen Wassers ab.

Er ließ den Deckel in die Spüle scheppern, »Herrgottzackaberau«, drehte die Herdplatte herunter, schlenkerte mit dem Arm, blies auf die Stelle auf seiner Hand, wo er sich verbrüht hatte, ließ kaltes Wasser darüberlaufen, schaltete auch die Platte unter der Pfanne zurück, aus der es plötzlich strenger roch.

Als er sich umdrehte, sah er, Barnard war hereingekommen. Der sah das Blatt Papier am Boden liegen, tappte herbei, und machte dann in hohem Bogen einen Sprung, als verberge sich unter dem Manuskriptblatt ein kleines Tier, das er unbedingt fangen wollte. Er landete mit so viel Schwung und mit ausgefahrenen Krallen auf dem Papier, dass es zerknüllt wurde und einen langen Riss bekam.

»Teufel, du!«, herrschte ihn König an und blies wie wild auf seine schmerzende Hand, auf der sich bereits eine heftige Rötung zeigte. Barnard legte sich nun bäuchlings auf die zerknüllte und halb zerfetzte Manuskriptseite, immerhin war es die erste Seite seines Aufsatzes und somit die wichtigste, und schaute so unschuldig zu König herauf, als könne er kein Wässerchen trüben. »Du Schauspieler«, schimpfte König.

»Ihr seid alle Schauspieler und tut ständig so, als wärt ihr auf einer Bühne.« Er schaute zu Barnard hinunter. Der schaute weg. »Und du«, sagte König, »du spielst auf dieser Bühne immer den Krawallbruder. Aber warte, dich geb ich weg.«

Man sah, in der offenen Tür war Hippokrates erschienen. Er setzte sich gravitätisch auf die Schwelle, begann sich zu putzen und schaute dabei immer wieder zu Barnard und König hin. Wer sagt denn, dass die Einzelgänger sind, dachte König, die sind ganz schön gesellig. Und dann dachte er, dass jetzt nur noch der Strümpfelbacher Nonnenberg helfen könne, der seitlich auf der Küchenzeile stand, und sofort begann er den Korkenzieher zu suchen, den er, seit er hier hauste, schon häufig benutzt hatte. Er fand ihn aber nicht.

Mit schmerzender Hand riss er die Spaghettitüte auf, stocherte die Nudeln ins brodelnde Wasser. Dann stellte er die Herdplatte unter der Pfanne ab, hoffte, dass da nichts angebrannt war und ließ abermals kaltes Wasser über den immer größer werdenden roten Fleck auf seiner Hand laufen.

Doch dann lachte er plötzlich hell auf, gluckste, kicherte, und schließlich fasste er den Entschluss, sich zur Feier des finanziell durchaus erfolgreichen Tages und zur Linderung seiner verbrühten Hand bereits während, aber ganz gewiss nach dem Abendessen mit dem Nonnenberg zu betrinken, anstatt an seinem Aufsatz weiter zu stricken.

Er beugte sich zu Barnard hinunter, der noch immer lang ausgestreckt auf dem Manuskriptblatt lag. »Wo ist der Korkenzieher?«, schrie er ihn so laut an, dass Barnard sofort aufsprang und sich unter dem Sofa in der Sitzecke verkroch. Auf dem zerknüllten Blatt sah man seine Spuren. Auf einmal lachte König wieder sein Zwölfjährigenlachen, warf dann einen Blick in den vor sich hinwallenden Spaghettitopf, rührte darin mit links rasch um, trat daraufhin zum Sofa, ging davor in die Knie, spähte unter das alte, durchgesessene Möbel und säuselte: »Sauerbruch heute auf einem edlen blauen Sofa, du unter diesem schäbigen Ding hier.« Und dann lockte er süß und sanft: »Komm, komm doch raus, Barnard, und sei wieder mein Freund.«

König griff mit der linken Hand unter das Sofa und bekam sofort einen kleinen, spielerischen Hieb ab, der seine Haut ein wenig ritzte. Doch dann merkte er, Barnard ließ sich berühren, und er bekam ihn auch am Bein zu fassen. Er versichere ihm, sagte König mit schmeichelnder Stimme, er, der Karlheinz, sei ein ziemlicher Blödmann. Manchmal. Er schickte kleine, lockende Zischlaute unters Sofa. Aber er sei auch irgendwie kein Blödmann. Manchmal. »Na, komm, komm Christiaan mit zwei ›a‹, alter Herztransplantist, komm wieder raus«, flötete König, hielt Barnard behutsam am Bein fest und zog ihn vorsichtig heraus, was sich dieser auch gefallen ließ. Als König mit der anderen Hand nachfasste, um Barnard sanft mit beiden Händen unter dem Sofa hervorzubugsieren, berührte er einen harten Gegenstand.

Es war der Korkenzieher.

Wie der dort hinuntergekommen war? Schleierhaft. König schmunzelte. Hier geschehen rätselhafte Dinge, dachte er und fühlte, wie sich seine Stimmung besserte.

Sobald er Barnard unter dem Sofa hervorgezogen hatte und dieser dann lang ausgestreckt vor ihm lag, die Prozedur gefiel ihm offenbar, begann er, ihm mit der linken Hand den Rücken zu kraulen und behutsam die Flanke zu tätscheln. Dann gab er ihm zwei Knuspertaschen mit Lachs, die dieser dankbar annahm und sofort knirschend und knackend vertilgte. Der Schmerz an Königs rechter Hand hatte deutlich zugenommen. Na, das konnte ja heiter werden.

Plötzlich schreckte er hoch. Er hatte die Spaghetti vergessen. Während er sich erhob, um den Topf vom Herd zu nehmen und die Nudeln dann in ein Sieb zu schütten, sah er Hippokrates wie eine Sphinx auf der Türschwelle liegen. Und grinsen.

Der grinste doch. Der grinste ihn doch an, Menschenskind. Der grinste.

schnurr-murr, schnurr-murr, weiß alles, in meinem kopf ist alles, alles über mich, alles über meinesgleichen, wer wir sind, wer wir waren in den vergangenen neuntausendfünfhundert jahren, murr-murr, wer wir sein werden in den nächsten jahrtausenden, einer zeit, in der die da vielleicht gar nicht mehr vorhanden sein werden, diese aufrechtgeher, diese zweipföter, schnurr-murr, vielleicht schon weg, vergiftet, verstrahlt, von bakterien, vom krebs zerfressen, aber wir sind noch da, weil wir immer da waren, ich heiße nicht hippokrates, ich heiße schnurrax, bin der große allwissende schnurrer, der sich durch die jahrhunderte und jahrtausende geschnurrt hat, murr, murr, die wissen nicht, wie wir das machen, das schnurren, aber wir machen es zu unserer freude und unserem wohlbehagen, hippokrates, lächerlich, da kommt eines tages dieser zweipföter daher mit seiner fremden stimme, nachdem die andere stimme, die alte stimme, nicht mehr zu hören war, geht aufrecht herum, dieser aufrechtgeher, aufrecht wie die hasen, wenn sie gegeneinander kämpfen um eine häsin, hat keine häsin, geht trotzdem aufrecht, nennt mich hippokrates, schnurr-schnurr, der alte griechische doktor mit seinem zerfurchten gesicht war auch einer, der durchschaut hat und viel wusste, ich weiß alles, weiß nichts, heiße nicht hippokrates, seit neuntausendfünfhundert jahren in deren nähe, haben sie nicht verdient, mussten ja viel arbeiten für die, ihnen das kleingetier fangen in den kornspeichern, ihre seidenkokons verteidigen gegen die nager, vor zeiten, bei den alten, uralten hier im land, auch hier im tal, zogen zwei von uns den wagen der freyja, schnurr-murr, schnurr-murr.

4

Streife gehen, nannte König das.

Und wieder Taubenheimstraße. Jetzt aber jenseits der Waiblinger Straße. Dort erstreckte sich gleichfalls ein gutes Wohngebiet, wo man auch tierlieb war, was schon allein aus dem Umstand hervorging, dass es dort viele Hundebesitzer und Hundebesitzerinnen gab, ältere Frauen zumeist. Diese wurden zu jeder Tageszeit, besonders aber in den Abendstunden, von ihren Lieblingen über die Gehsteige gezogen und in den schmalen, zwischen dem nahen Friedhof, dem Uff-Kirchhof, und der Taubenheimstraße sich erstreckenden Park, wo die Tiere ihre Geschäfte verrichteten.

Heiter gestimmt schob König das alte Damenfahrrad, dessen Schutzblech nun nicht mehr klapperte und das sich mit geölter Kette und prall gepumpten Reifen leicht hatte hertreten lassen vom Rieselfeld, den Weg zwischen Park und Taubenheimstraße entlang. Und warf dabei immer wieder prüfende Blicke auf die Stämme der auch hier am Straßenrand stehenden alten Kastanien, um zu sehen, ob denen nicht etwas angeheftet war, etwas, mit dem er etwas anfangen konnte als Sucher, als Fänger, als Zurückbringer.

Bewölkt. Es würde wohl regnen. Die Passanten hatten Schirme bei sich. Die Uhr im Turm der nahen Liebfrauenkirche schlug sieben. Leute kamen von der Straßenbahnhaltestelle Uff-Kirchhof, überholten ihn. Als er den hohen trillernden Schrei der Falken hörte, die in diesem Jahr im Turm von Liebfrauen nisteten, blickte er hinauf und sah die beiden Vögel elegant um die Turmspitze segeln, ehe sie wieder in ihr schnelles Flügelschlagen verfielen, das ihn immer ein wenig an spastische Zuckungen erinnerte. Weit hinter dem Kirchturm sah man über der Stadt gleichfalls zwei mit schnellen, kurzen Flügelbewegungen dicht nebeneinander durch die Luft über den Dächern und über dem dort sich unter ihnen erstreckenden Fluss paddeln, dabei weithin schallend ihre Schreihals-Schreie ausstoßend. Dächer und Fluss unter den beiden Papageien wohl für sie eher dürftig aussehend im Vergleich zur Üppigkeit ihrer heimatlichen südamerikanischen Urwälder. Es freute König immer, sie zu sehen, denn so fremd sie hier waren, so entschlossen und klug behaupteten sie sich in der Stadt und im Flusstal. Und immer wenn er sie sah oder auch nur hörte, empfand er etwas wie einen Impuls des Trostes, der Tröstlichkeit, weil man bei ihrem Anblick, zumal etwa im Winter bei Schneetreiben, das sie paarweise krächzend durchpflügten, ein paar Sekunden lang meinen konnte, nie, nie und nimmer ließen sich Kraft und Energie, die in diesen bunten Burschen der Lüfte steckten, zerstören.

Und während König sein Rad weiter voranschob, seinen Blick dann von den Vögeln abzog, gewahrte er nahebei in der Parkanlage wieder die Nachbildung eines großen Mammutzahns, die dort aufgestellt war und die, wie König wusste, daran erinnerte, dass hier im Untergrund im Jahre 1760 sechzig Mammutzähne gefunden worden waren. Mammutzähne galten zu jener Zeit als begehrte Medizin, die mit Gold aufgewogen wurde, wie die Informationstafel vermeldete, und so seien die Zähne in die Hofapotheke von Herzog Eberhard gelangt. König erinnerte sich nun auch an die auf der Tafel gezeigte Abbildung zweier Mammuts, die durch die Flussaue stapften. Und auch die Tatsache, dass solche riesigen, elefantenhaften Tiere hier einmal heimisch gewesen waren, freute König. Was war schon sein Schicksal gegen das Leben und die Ereignisse in den Tiefen der Vergangenheit?

Dann sah er einen hellen Fleck am Stamm einer der Kastanien. Aha, dachte er, das wird etwas sein. Erwartungsvoll schob er sein Fahrrad auf den Baum zu.

Nach der dreiviertel Flasche Nonnenberg am gestrigen Abend war König am späten Vormittag mit einem Kopf aufgewacht, in dem ein Bienenschwarm zu summen schien, der nicht zur Ruhe kommen wollte. Draußen vor dem Gartenhaus und misstrauisch beäugt von Barnard und Hippokrates, hatte sich König in der frischen Luft mit reichlich Kniebeugen und Rumpfbeugen, mehrmals hatte er es dabei in seinen Gelenken unangenehm knacken gehört, mit einer heißkalten Dusche und hernach mit viel Kaffee in eine sirrende Wachheit hineinmanövriert. Sie hatte ausgereicht, um bis in den Nachmittag hinein an seinem Aufsatz weiterzuschreiben. Und je länger er getippt hatte, um so zuversichtlicher hatte er sich gefühlt. Weil er da etwas benannt hatte. Etwas, von dem er etwas verstand, etwas, das er, wie er meinte, im Laufe seiner Berufsausübung immer mehr durchschaut hatte, worauf aus diesem Durchschauen ein Misstrauen, ein grundsätzlicher Zweifel und schließlich, ausgelöst durch ein zusätzliches Ereignis, eine Kündigung geworden war. Eine Kündigung, die dann von Christiane aufs Schärfste missbilligt wurde, und mit der er auch bei seinen Kolleginnen und Kollegen, ja selbst bei der Geschäftsleitung auf deutliches Unverständnis gestoßen war. Eine solche Stellung gebe man nicht auf, hatte sich Christiane empört, selbst wenn einem das eine oder andere nicht passe und man mit Personalentscheidungen der Firma nicht einverstanden sei. So hatte sie, wie er fand, durchaus mit Berechtigung argumentiert.

Während er am Tisch gesessen war und auf seine elektrische Schreibmaschine eingeklopft hatte, war durch die offenstehende Tür Frau Semmelweis hereingekommen, war auf den Tisch gesprungen und hatte mit freundlicher Stimme mitgeteilt, sie wünsche Kontakt. Sie hatte sich auf das Paket mit dem Schreibmaschinenpapier gesetzt, war mit ihrer weißen Brustpartie, der rötlichen Zeichnung des Kopfs und dem rötlichen Rücken gleichsam eine modisch gestylte Dame, die an exponierter Stelle Platz genommen hatte, dort aber nicht unberührt bleiben wollte. Sie stupste König mit ihrer weißen Schnauze an der Hand an und rieb ihren Kopf daran. Das gehe jetzt nicht, hatte König gesagt, und sich zu ihr hinuntergebeugt. Aber da stand die Rötlichweiße schon auf, kam noch näher und drückte ihre Stirn zuerst gegen seine Hand und dann gegen seine Wange. »Meine Liebe«, hatte König leise und zärtlich gesagt, »wir können jetzt nicht Köpfchengeben machen. Ich muss arbeiten.« Er griff zu der seitlich am Tisch liegenden Packung mit den Knuspertaschen, nahm mehrere davon heraus, spürte dabei wieder die Stelle an der rechten Hand, wo er sich verbrüht hatte, hielt die Leckerei der weiß-roten Dame auf flacher Hand hin. Und nachdem diese sie knackend gefressen hatte, schob er Frau Semmelweis behutsam zur Tischkante und half dem sanften Druck nach, indem er ihr ein bisschen ins Gesicht blies. Das mochte sie nicht. Mit einem eleganten Satz sprang sie vom Tisch und verließ das Gartenhaus, nicht ohne einen Ton des Beleidigtseins hören zu lassen.

Um wieder ins Schreiben hineinzukommen, hatte König noch einmal gelesen, was er zuletzt zu Papier gebracht hatte. Und wieder übersprang er, ließ aus: »… der Mensch unterscheidet sich von den verschiedenen … hinsichtlich Körperbau, Organfunktionen und der Verstoffwechslung von Substanzen«, so hatte er gelesen. »Die Übertragbarkeit von Ergebnissen auf den Menschen ist daher sehr problematisch. Erst nachdem eine Substanz beim Menschen eingesetzt worden ist, lässt sich erkennen, ob der Mensch in ähnlicher Weise reagiert. Die zahllosen, wegen schwerer, oft sogar tödlicher Nebenwirkungen vom Markt genommenen Medikamente sprechen diesbezüglich eine deutliche Sprache.« Und dann hatte er vier, fünf Medikamente, auf die dies zugetroffen hatte, mit ihren Markennamen genannt, auch wenn dies bei einem etwaigen Abdruck in der Zeitung oder auch in Buchform problematisch werden konnte. Er hatte diesen Abschnitt schließlich beendet mit dem Hinweis, wonach in Deutschland Tausende von Todesfällen pro Jahr auf das Konto von Arzneimittelnebenwirkungen gingen.

Nicht, dass er sich da in eine Art Wut hineingeschrieben hätte. Aber er hatte gespürt, wie aus der Tatsache, dass er all dies benannte, schreibend und tippend auf seiner guten alten Olympia compact S, eine merkwürdige Kraft, ja, eine Art Zuversicht in ihm entstanden war. Eine Benennungsenergie gleichsam, die ihm wohlgetan hatte, und von der die Gewissheit auszugehen schien, sie würde ihn schützen, was immer mit ihm, mit seinem Aufsatz, mit seinem provisorischen Leben hier im Rieselfeld geschähe. Solang er schriebe, all das aufschriebe, so hatte er gefühlt, war er unangreifbar, unverwundbar vielleicht sogar.

Er hatte den Rest Spaghetti mit gutem Appetit verzehrt, beobachtet dabei, beinahe bewacht von Hippokrates, der wieder auf der Türschwelle lag, seit Neuestem offenbar sein Lieblingsplatz, und dann abermals auch ein wenig gestört von Frau Semmelweis, die wieder hereingekommen und auf seinen Schoß gesprungen war, wo sie es sich auf seinen Oberschenkeln bequem gemacht hatte. »Ach, du rot-weiße Schöne«, hatte König nur gesagt, ihr aber ihren Willen gelassen. Nachdem er fertig gegessen hatte, hatte er Frau Semmelweis behutsam zum Sofa hinübergetragen und dort abgesetzt, hatte dann noch eine halbe Stunde geschrieben, und nachdem er draußen die Reifen des Rades prall gepumpt, das Schutzblech festgeschraubt, die Kette mit dem Bodensatz einer alten Salatölflasche geschmiert hatte, war er schließlich losgefahren. Als er das Tor im Zaun hinter sich zugeschlossen, noch einmal zurückgeschaut hatte, hatte er Hippokrates vor der nun verschlossenen Tür des Gartenhauses sitzen und zu ihm herblicken gesehen.

schnurr-murr, schnurr-murr, jetzt geht er wieder, der zweipföter, verschwindet er wieder, lässt uns allein, aber wir sind nicht allein, da ist immer einer von uns in der nähe, wir lieben das alleinsein, wollen aber trotzdem bei denen sein, wollen zugleich auch nicht bei denen sein, wollen unsere eigenen wege gehen, ich heiße nicht hippokrates, bin der große schnurrer, bin der alte weise schleich- und lauerjäger, schnurr-murr, schnurr-murr, haben uns in den jahrtausenden in ihre herzen geschlichen, haben uns in ihre geschichten geschlichen, auch in die polnische geschichte von den weidenkätzchen, schnurr-murrr, schnurr, klagte einmal eine von uns, dass ihr herr ihre jungen in den fluss geworfen hatte, doch da ließen die weiden ihre äste ins wasser hängen, damit sich die kleinen daran festhalten konnten, seitdem haben die blüten der weiden ein weiches fell und werden kätzchen genannt, murr-murr, sind hier, sind dort, sind überall, in der gegenwart, in der vergangenheit, auch in wien, in der wiener burggasse waren wir im jahr neunzehndreizehn, da schlich eine von uns in das arbeitszimmer von sigmund freud, in dem sich gerade die berühmte mittwochsgesellschaft zum kolleg versammelt hatte, war in dem kolleg die zweite überraschungsbesucherin, zuvor war schon lou andreas-salomé zu der herrenrunde gestoßen, schnurr-murr, weiß alles, weiß nichts, weiß auch, dass lou andreas-salomé mit nietzsche im petersdom in einem beichtstuhl, sich dort beschnurren ließ, war mit rilke im bett und in russland war sie bei tolstoi, ob der, der heilige dichter, sie streicheln durfte, wer weiß, wer weiß, ich weiß es nicht, ich weiß alles, in die andächtige runde der mittwochsgesellschaft bei freud huschte eine von uns ins Zimmer, gerade als lou durch die tür trat, erst war freud irritiert, doch als er sah, mit welcher neugier die samtpfotige seine griechischen vasen und römischen kleinskulpturen musterte, ließ er ihr gerührt milch bringen, woche für woche erhielt die katze fortan zutritt zum kolleg, und als sie kränkelte, durfte sie mit wickelkompressen auch auf freuds couch liegen, murr, schnurr, höre alles, höre, wie er jetzt pfeift, während er zum fluss hinunterfährt, wie seine glocke ertönt, hat keine häsin, der aufrechtgeher, der aufrechtfahrer, freud heißt keiner von uns im rieselfeld, schnurr-murr.

Drohend kam die alte Frau mit hoch erhobenem Stockschirm auf König zu. Was er da mache, rief sie, warum er das wegmache, wo die Leute doch »ihr Dierle suchat. Send sie koi Dierfreind, ha?«

Aber König hatte bereits die vier Reißzwecken gelöst, mit denen der Anschlag, der in einer durchsichtigen Prospekthülle steckte, an dem Baumstamm befestigt war. Beim Abhebeln der Reißnägel hatte er wieder den Schmerz in seiner Hand gespürt. Sein Rad hatte an einer der anderen Kastanien gelehnt.

»Hörat Sie …!«, keifte die Alte jetzt in ihrem Honoratiorenschwäbisch und fuchtelte erregt mit ihrem Stockschirm.

»Lassat Sie des. Lassat Sie des doch, Sie schlechter Mensch, Sie!«

Er weiß, es gibt alte Frauen, die sind von überwältigender Resolutheit. Die schrecken vor nichts zurück. Und diese Frau hier war ein solches Exemplar. Die würde ihm rücksichtslos ihren Schirm auf den Kopf hauen.

Man hörte ein Auto hupen. Er schaute zur Straße hin, sah einen kleinen eleganten schwarzen Wagen, einen Mini, der angehalten hatte und abermals klangvoll hupte. Jemand winkte ihm aus dem Inneren zu, wie man sehen konnte, und er meinte, ein ihm bekanntes Gesicht zu erkennen. Und da die alte Frau nun immer schriller keifte, auch wütend und drohend noch näher gekommen war – einige Passanten waren bereits stehen geblieben und schauten empört zu ihnen her – rollte König den Anschlag rasch zusammen, behielt ihn wie einen weißen Stab in der Hand, sah sein Rad noch an der Kastanie lehnen, das alte Ding würde niemand stehlen, sprang auf die Straße hinaus und auf den kleinen schwarzen Wagen zu, in dem er jetzt das lachende Gesicht von Lisamaria, seiner Friseuse, erkannte, riss die Tür auf und schlüpfte auf den Beifahrersitz.

»Hallo, Lisamaria …! Sie haben mich gerettet«, stöhnte er auf.

»Ich dachte, diesen Haarschnitt kennst du doch«, sagte Lisamaria und warf ihm einen heiteren Blick zu.

»Die Alte hätte mich erschlagen«, sagte König.

»Ach was«, sagte Lisamaria, »vom Geschrei und Gefuchtel einer Frau darf man sich nicht so schnell beeindrucken lassen.«

»Oder sie hätte mich mit ihrem Schirm durchbohrt«, sagte König, dem es auf einmal gefiel, die Sache zu dramatisieren.

Lisamaria fuhr an und weiter die Taubenheimstraße entlang. Man sah die alte Frau jetzt wild gestikulierend am Parkweg stehen, mit ihrem Schirm immer wieder in die Richtung des kleinen davonbrausenden Autos stoßend, mittlerweile umringt von Passanten, unter ihnen auch zwei Frauen mit Hunden an der Leine, die kläffend und bellend ein Höllenspektakel machten.

Als Lisamaria fragte, weswegen sich die Frau denn so aufgeregt habe, sagte König, dass er eben diesen

Anschlag, diese Suchanzeige für Ernst von dem Baumstamm entfernt habe. Er entrollte den Anschlag, hielt ihn Lisamaria hin. »Hier, schauen Sie, das ist Ernst oder Ernest.« Man sah, jemand hatte handschriftlich in den Namen ein »e« eingefügt und so Ernst zu Ernest verändert. Auch eine Telefonnummer und eine Adresse waren angegeben. Man sah das Foto einer schönen edlen Katze.

»Und warum haben Sie den Anschlag abgemacht, Herr Doktor?«

»Nun ja, äähm …, ich bin Katzensucher.«

»Ach ja?!«. Lisamaria zog die Brauen hoch.

»Und Katzenzurückbringer. Finde ich eine Katze, bringe ich sie zurück.«

»Wie schön.«

»Und kassiere den Finderlohn«. König deutete auf den Anschlag, den er noch immer in der Hand hielt. Unter dem Foto der Katze stand: »Finderlohn 400 Euro«.

»Ach, Herr Doktor, Herr Doktor König«, sagte Lisamaria, unterlegt mit einem Seufzer. »Dass Sie so was machen …?!« Sie fuhr nun die Kissinger Straße abwärts.

Wo sie denn hinfahre, fragte König und steckte den Anschlag in seine Jackentasche, und Lisamaria sagte, sie wolle in den Baumarkt an der Daimlerstraße, wolle sich dort einen neuen Schlauch mit Duschkopf für ihr Bad kaufen, der alte sei schadhaft.

»Na schön, na schön«, sagte König und lehnte sich entspannt im Sitz zurück. »Also Baumarkt.« Aber da sie ihn nun gerettet habe, wolle er sich erkenntlich zeigen. Er lade sie ein. Zum Abendessen lade er sie ein, sofern sie heute Abend noch nichts vorhabe. »Sagen wir, ins ›Klösterle‹, was meinen Sie?«

»Ach, Herr König, Herr Doktor König«, sagte sie wieder und atmete tief aus.

»Ach, Lisamaria, meine Friseuse, meine Erretterin«, gab er lachend zurück. Aber sie solle ihn doch bitte nicht immer Herr Doktor nennen, wie einen Arzt. Er sei Veterinärmediziner, das sei alles.

Sie habe einen Hang zum Akademischen, entgegnete Lisamaria und blickte sehr verschmitzt durch die Windschutzscheibe auf die Straße hinaus. Aus finanziellen Gründen habe sie damals nach dem Abitur nicht studieren können, sei in den Friseurberuf hineingeschliddert, habe dann ihren Friseurmeister gemacht. Doch ihr Hang zu allem Geistigen sei geblieben, auch wenn sie sich jetzt nur noch mit dem Äußeren der geistvollen Köpfe beschäftige und weniger mit dem klugen, intellektuellen Inneren. Und im Übrigen, sie sei Friseurin, Friseurmeisterin, »und nicht Friseuse«.

Gut, er habe verstanden, »beste Friseurmeisterin«, sagte König. »Aber was mich betrifft, von jetzt an nur noch König, oder besser noch, Karlheinz.« Ob sie seine Einladung annehmen wolle.

Lisamaria machte eine übertrieben nachdenkliche Miene, bog bereits von der Daimlerstraße ab und fuhr auf den Parkplatz des Baumarkts. Sie kaufte ihren Badezimmerschlauch mit Duschkopf. Er griff sich einen Sack Katzenstreu aus einem der Regale, als man daran vorbeiging, und legte ihn dann an der Kasse neben den Schlauch auf das Rollband. Lisamaria bezahlte beide, ohne auch nur eine Bemerkung gemacht zu haben. Sie warf ihm lediglich einen kurzen Blick zu, der alles und nichts bedeuten konnte.

Im »Klösterle« war es voll, aber man fand noch zwei Plätze, sogar auf der kleinen Empore mit Blick in den Raum hinein, wo man nebeneinander wie auf einer Schulbank saß, soeben sei eine Reservierung storniert worden, sagte die Bedienung.

Das »Klösterle«, wie dieses erkerbewehrte Fachwerkgebäude mit seinem roten Balkengeflecht an den Außenwänden und dem balkendurchzogenen heimeligen Innenraum im Volksmund hieß, war das älteste Wohnhaus der Stadt. Es war vierzehnhundertsowieso von einem reichen Bürger erbaut worden und die Leute hatten es alsbald »Klösterle« genannt, obwohl dort, wie lange fälschlich angenommen, nie Beginen gewohnt hatten. Heute beherbergte das »Klösterle« eine beliebte Weinstube.

Man nahm in der erhöhten Nische Platz, König

fühlte sich beschwingt und heiter, und er merkte, wie sich in ihm wieder jener lindgrüne Gefühlsstrom auszubreiten begann. Solche Befindlichkeit hing einerseits mit der Gegenwart von Lisamaria zusammen, natürlich, andererseits aber auch mit dem Umstand, dass er in den vergangenen Stunden, wie er das Gefühl hatte, eine Kette von Handlungen, von Aktionen vollzogen hatte, die mit seinen ganz persönlichen und auch nicht immer offen zutageliegenden Gedanken und Emotionen zusammenhingen. Ein solcher Zustand einer Lebensleichtigkeit, hell und lindgrün eingefärbt, hatte ihn auch erfasst gehabt, wie er sich sekundenlang entsann, nachdem er bei Neckar-Pharma im Personalbüro das Kuvert abgegeben und gebeten hatte, man möge umgehend seinen Sektionsleiter, den Herrn Dr. Meisenhardt, vom Inhalt seines Schreibens unterrichten. Er hatte gewusst, man würde seine Kündigung mehr als bedauern, würde sie für falsch halten. Aber er war sich auch sicher gewesen, dass dieser Schritt ein fester und unauflöslicher Knoten in seinem seelischen und gedanklichen Innengeflecht gewesen war und es bis heute blieb, trotz all der Schwierigkeiten, die dieser Schritt heraufbeschworen hatte.

König bestellte »Trollinger-Nierle«, wie hier die sauren Nieren in Weinsoße hießen, dazu Bratkartoffeln und ein Viertel Cannstatter Zuckerle, trocken. Lisamaria entschied sich für »Himmel und Hölle«, ein Gericht aus angebratener Leber- und Blutwurst mit Spiegelei, zu dem gleichfalls Bratkartoffeln gereicht wurden; als Wein wählte sie Cannstatter Berg.

Als die Henkelgläser kamen, sagte König, nun müsse man aber aufs Du anstoßen.

Obwohl er seit Jahren im Salon immer wieder von Lisamaria bedient worden war, hatte er ihr Gesicht noch nie so genau und prüfend betrachtet, wie er dies jetzt tat, um dann festzustellen: eine außergewöhnliche Schönheit war sie nicht. Aber sie war eine gepflegte Frau, hatte eine wohlproportionierte, feste Figur, einen aparten Gesichtsausdruck und sie hatte kluge Augen. Jedenfalls hatte sie, wie er nun bemerkte, einen Schimmer im Blick, der einen ahnen ließ, sie wusste und verstand mehr, als sie jeweils aussprach. Als König zu ihrem Augenausdruck das Wort Katzenblick einfiel, die hat ja einen Katzenblick, nannte er das in Gedanken sofort abseitig, obwohl er gleichzeitig auch spürte, dass das nicht ganz falsch war.

Als man sich zugeprostet und einen Schluck genommen hatte und nun das Du mit einem Kuss zu besiegeln war, hoffte König, während er sie auf den Mund küsste, sie küsse heftig zurück. Doch sie blieb zurückhaltend.

Während man auf das Essen wartete, fragte Lisamaria, wo er die Katzen, die er dann zurückbringe, denn suche und wie er sie aufspüre. König holte weit aus und redete ungenau und schwammig davon, dass er die Straßen durchkämme, auch Passanten befrage, da und dort auch an Haustüren klingele und berichtete ihr schließlich von seinem Bestand an Katzen, dort, wo er derzeit wohne.

»Wie …, Bestand an Katzen?«

Worauf ihr König das Gartenhaus seines Schulfreundes beschrieb und dass er dort bereits eine Anzahl von Tieren vorgefunden habe, als er einzog und dass er unter denen dann auch solche aussuche und zurückbringe, die den Vermissten in etwa glichen.

»Ich verstehe«, sagte Lisamaria, trank von ihrem Wein und schaute dann wieder in das schummrige Licht des Gastraumes hinein, der erfüllt war von Gemurmel und einem Lachen ab und an: »Ich verstehe, ich verstehe …«

Und wie sie das aussprach, meinte das, wie König vorkam, irgendwie alles und nichts.

Ob sie aus alledem schließen dürfe, sagte Lisamaria, nachdem man einen Moment geschwiegen hatte, dass er im Augenblick nicht in seinem angestammten Beruf tätig sei, wenn er derzeit die Profession eines Katzensuchers und Katzenzurückbringers ausübe, »so hast du das doch genannt«.

König räumte das ein. Und ja, sagte er, er habe bei seiner alten Firma in Plochingen gekündigt. »Aber das ist eine ganz andere Geschichte.«

»Karlheinz König, du bist mir vielleicht einer«, seufzte Lisamaria. »Kündigt, bricht den Kontakt zur Frau ab, die ihn vermutlich rausgeschmissen hat, hockt jetzt in einem Gartenhaus und bringt den Leuten ihre entlaufenen Viecher zurück oder zumindest solche, die nur so aussehen wie die Entlaufenen. Prost«, sagte sie, beugte sich her zu ihm und küsste ihn wunderbar zart und wunderbar schmatzend auf die Wange. »Prost, Doktor Karlheinz, du König der Katzen.«

Und was mache er, fragte sie, als kurz darauf das Essen kam, wenn er eine entlaufene Katze nicht finde oder in seinem Bestand keine sei, die er für die Entlaufene ausgeben könne.

»Guten Appetit«, sagte König und begann von den sauren Nieren zu essen, und auch Lisamaria sprach »Himmel und Hölle« zu.

König blieb die Antwort schuldig. Als geübter Vieltrinker reihte er rasch große Schlucke und bestellte nach, sobald sein Glas zur Neige ging und auch dem neuen Viertel sprach er sofort heftig zu, während er ebenso zügig von den Nieren und den schmackhaften Bratkartoffeln aß. Dabei stieg, wie er wahrnahm, von seinem Teller ein ganz dünner, kaum merklicher Hauch empor, und er gestand sich ein, es war wohl diese Mischung aus dem Duft einer pikanten Soße und der weichen Konsistenz der Nierenstücke, die ihn immer wieder dazu veranlasste, in schwäbischen Lokalen saure Nieren zu bestellen. Christiane hatte ihm die nie gekocht, und als er sie einmal darum gebeten hatte, hatte sie empört abgelehnt, in solchem Gestank wolle sie nicht herumrühren. Die da aber neben ihm, die würde ihm gewiss saure Nieren machen, wenn er dies wollte.

War das Leben nicht eine wunderbare Sache, saure Nieren inbegriffen? Doch, sagte er sich, es war eine wunderbare Sache. Sein Leben, Lisamarias, das der Rieselfelder und noch das der kleinsten Ameise.

Auf einmal fühlte sich König glücklich.

Er hätte seine Hand jetzt gerne sanft zu Lisamarias Beinen, zu ihrem Schritt hinuntertänzeln lassen wollen, hätte sie gerne dort, an ihrer weiblichen Lebendigkeit berührt, nein, nicht aus blöder Verklemmtheit, sondern einfach aus Freude darüber, dass es ihm so gut ging, dass er solches Glücksgefühl in sich spürte, dass er hier saß, saure Nieren aß, Cannstatter Zuckerle trank, sein zweites Viertel bereits geleert hatte und schlicht und einfach am Leben war. Und dass er diese Lebendigkeit plötzlich spüren konnte, hier, im »Klösterle«, mit dieser mit hübschem und klugem Blick ausgestatteten Friseurmeisterin neben sich, all das empfand er auf einmal als großes Geschenk. Auch wenn er seinen kleinen Wunsch, sie dort, woher alles kam, zu berühren, doch etwas degoutant fand und sich deswegen einen alten Deppen schalt. Hätte er ein solches Glücksgefühl je empfunden, fragte er sich, ohne seine Krise nach der Kündigung, ohne seine Misere, die ihm solche Momente bescherte, hier, in diesem alten heimeligen Gemäuer, das Jahrhunderte überdauert hatte?

Es war vor sieben Wochen gewesen. Er war nach dem Mittagessen in der Kantine zusammen mit seinen beiden Mitarbeitern und einem der Tierpfleger im überdachten Innenhof des neuen Gebäudekomplexes der Firma gesessen, den die Belegschaft immer ihren japanischen Garten nannte, weil dort in der Mitte des hallenartigen Raumes, um den sich zahlreiche Labors gruppierten, ein kleiner künstlicher Teich angelegt war, über den eine geschwungene, japanisch anmutende Holzbrücke führte, die von Bambusstauden flankiert wurde. Die Angestellten von Neckar-Pharma saßen gern in dieser Aufenthaltszone, in der sich auch eine Cafeteria befand, tranken nach dem Essen oder in den Pausen Kaffee, besprachen die neuesten Projekte und redeten sich dabei nicht selten die Köpfe heiß. Die Firmenleitung schätzte und förderte ein kommunikatives, offenes und großzügiges Betriebsklima. In den Chefetagen wusste man, in solcher Atmosphäre wurden in hitzigen oder lässigen Gesprächen oftmals die besten Lösungen von Arbeitsproblemen gefunden, wie sie bei der langwierigen und kostenintensiven Entwicklung neuer Arzneimittel in den Firmenschwerpunkten, Alzheimer, Demenz, Herz-Kreislauf, Onkologie und Hepatitis immer wieder auftraten.

Tierpfleger Breitling hatte König soeben von dem Neuzugang von einem halben Dutzend Mini-Pigs berichtet, an denen bei Neckar-Pharma demnächst neue Medikamente erprobt werden sollten. Die Tiere seien nach dem Transport noch ein wenig störrisch und irritiert, berichtete Breitling, aber man werde sie zuallererst einmal in das übliche Agility-Programm integrieren, wo sie, wenn sie auf dem Hindernisparcour alles richtig machten, mit Leckereien ja reichlich belohnt würden und dann würden sie sich schon bald wohler fühlen.

In diesem Moment fiel Königs Blick auf einen Mann, der auf der anderen Seite des ausgedehnten Raumes hereingekommen war. Der Mann schaute sich um, entdeckte die Gruppe im Cafeteriabereich und schritt dann auf sie zu, wobei er über die japanische Holzbrücke ging, obwohl er ebenso gut an dieser hätte vorbeigehen können. Als er auf dem höchsten Punkt des Brückenbogens angelangt war, blickte er sich um, bemerkte, dass man zu ihm hinschaute, spreizte in einer merkwürdigen Geste die Arme ab, umfasste dann mit seiner linken Hand die zur Faust geformte rechte Hand, die er kurz darauf öffnete und begann damit, nacheinander an seinen Fingern zu ziehen. In diesem

Augenblick erkannte ihn König. Sofort stand er auf und ging auf den Mann zu, der nun die Brücke herunterkam.

»Was machst du denn hier?«, fragte König, als er vor dem anderen stand und nun, da der noch immer seine Finger malträtierte, das leise Knacken vernahm, das er damals schon während ihrer gemeinsamen Studienzeit in Hohenheim gehasst hatte, wenn der andere wieder einmal an seinen Fingern zog, sodass die Knöchel dieses unangenehme Geräusch von sich gaben.

»Heute ist mein erster Arbeitstag hier in der Firma«, sagte Tomek Grossmann, Königs ehemaliger Kommilitone und Mitbewohner, als man sich die Hand gab.

»Ach nein?!«, entgegnete König. »Ich denke, du arbeitest bei Bernauer in Berlin.«

»Bei Bernauer habe ich gearbeitet. Ist mir aber zu stressig geworden dort. Und die Bezahlung war auch nicht besonders.«

Bernauer, Professor Karl Bernauer, galt in der Branche als der Mann, der in seinem Labor die extremsten und rüdesten Tierversuche durchführte. Berüchtigt war unter Eingeweihten sein auch in der Fachpresse geschildertes Experiment, wie sich König entsann, bei dem eine Katze anästhesiert, chemisch gelähmt und durch einen Schnitt in der Luftröhre künstlich beatmet worden war. Damit keine Atembewegungen das Experiment stören konnten, hatten

Bernauer und seine Mitarbeiter einen Kollaps der Lunge der Katze herbeigeführt. Am Hals des Tieres waren Nerven freigelegt und Elektroden angeschlossen worden, die Schädeldecke war am Hinterhaupt geöffnet, die Hirnhäute entfernt worden, und Mikroelektroden waren am Hirnstamm angeschlossen worden und so weiter und so weiter. All das schoss König durch den Kopf, während er vor Grossmann stand.

»Und was machst du für einen Job hier bei uns?«, fragte König schließlich.

»Ich bin der neue Tierschutzbeauftragte der Firma«, antwortete Grossmann knapp und grinste breit.

König blieb die Spucke weg.

»Mit abgeschlossenem Hochschulstudium als Veterinärmediziner war es kein Problem, die entsprechende Ausbildung zu machen«, erklärte Grossmann.

König wusste, der langjährige Tierschutzbeauftragte von Neckar-Pharma war jüngst in Pension gegangen. Über viele Jahre hatte er als eine nicht durch die Firmenleitung weisungsgebundene amtliche Aufsichtsperson zu allgemeiner Zufriedenheit seinen gesetzlichen Auftrag erfüllt. Dieser bestand darin, dass er alle Versuche mit Tieren, bevor er diesen zustimmen konnte, bezüglich behördlicher Auflagen und Bestimmungen insbesondere des Tierschutzgesetzes, überprüfen musste.

Denn nach dem Tierschutzgesetz durften Tierversuche nur durchgeführt werden, wie König sehr wohl wusste, wenn sie der Gesunderhaltung von Mensch und Tier, beziehungsweise zum Erkennen von Umweltgefährdungen dienten, für die Grundlagenforschung oder zur Prüfung von Substanzen auf gesundheitliche Unbedenklichkeit und auf Wirksamkeit gegen tierische Schädlinge als unerlässlich erachtet wurden, und wenn notwendige neue Erkenntnisse anders nicht erlangt werden konnten. Der Tierschutzbeauftragte hatte darüber hinaus dafür Sorge zu tragen, dass die Vorschriften des Tierschutzgesetzes im Betrieb eingehalten und die Nager, die Beagles, die Katzen und vor allem auch die Mini-Pigs artgerecht gehalten wurden.

Und für diesen Posten hatte man jetzt also seinen alten Studienkollegen Tomek Grossmann verpflichtet, der über Jahre hinweg die rechte Hand des Tierschinders Bernauer gewesen war.

König war perplex, und er fragte sich, wie es dazu hatte kommen können und ob diese Personalentscheidung auf Unkenntnis der Person Grossmanns oder auf eine neue Strategie der Firmenleitung bezüglich des Umgangs mit Tieren und Tierversuchen hindeutete. So oder so, er, König, würde auf die Verpflichtung Grossmanns reagieren, ja reagieren müssen, das wurde ihm, nicht zuletzt vor dem Hintergrund ihres heftigen Streits damals zum Ende ihres Studiums, in diesem Moment völlig klar.

Er wandte sich um und sah, Grossmann war bereits auf die Gruppe seiner Mitarbeiter zugegangen und stellte sich soeben Tierpfleger Breitling vor. König hörte, wie Grossmann sagte, man werde in Zukunft ja viel miteinander zu tun haben. Er freue sich schon auf die Zusammenarbeit, nicht zuletzt mit seinem alten Bekannten und Studienkollegen Karlheinz König.

Als es im »Klösterle« nach zwei Stunden ans Bezahlen ging, machte König auf einmal mächtig Aufhebens, klopfte sich immer wieder auf die Taschen seiner Jacke, fuhrwerkte in seinen Hosentaschen herum, nur um sich schließlich bei Lisamaria zu entschuldigen und sie zu fragen, ob sie ihm nicht aushelfen könne, er habe vergessen, sich Geld einzustecken. Den Finderlohn von Frau Schmückle-Bräuchle und die Scheine für ihre Putzfrau überging er. Wieder nur jener kätzische Schmalblick. Wieder nur solches Geraune, sie verstehe, ja, sie verstehe.

Nachdem sie bezahlt hatte, mimte König, wie er fand, sehr schön den Zerknirschten und bat sie um einen weiteren Gefallen. Sein Fahrrad stehe noch in der Taubenheimstraße. »Kannst du mich bitte hinbringen?«

Schon aus der Entfernung sah man das Rad an der Kastanie lehnen. Als er aussteigen wollte, sagte sie: »Dein Katzenzeug, Herr Doktor, auf dem Rücksitz, dein Katzenstreu.«

König hielt inne, überlegte, schmunzelte und sagte dann mit Blick zu ihr, er könne den Sack leider nicht auf dem Fahrrad transportieren, der Haltebügel des Gepäckträgers sei kaputt. Ob sie ihm den Sack nicht hinaus ins Rieselfeld bringen könne.

»Aber nicht jetzt«, entgegnete sie, schaute her zu ihm, machte Augenschlitze. Was wusste die? Die wusste doch alles. Aber sie sagte nur, sie sei müde, wolle heim, »der Tag war lang, auch wenn er einen schönen Abschluss gefunden hat«. Außerdem habe sie ein Viertel getrunken und da wolle sie nicht mehr so viel herumfahren.

»Wann du willst, Lima«, sagte König, »bring mir den Sack, wann du willst.«

Er solle sie nicht Lima nennen, Lima sei eine Stadt in Peru.

»Einmal Doktor«, sagte er lachend, »einmal Lima«.

Dann, schon durch die offene Autotür zu ihr hinuntergebeugt, nannte er ihr den Stadtteil, nannte ihr die Straße bei den Kleingärten. Von dort aus solle sie ihn anrufen, dann werde er kommen und sie zum Gartenhaus führen. Sie nickte, und sie tauschten ihre Handynummern aus.

Ob er überhaupt fahrradfahrtüchtig sei, fragte sie mit schelmischem Blick. Immerhin habe er drei Viertel intus.

Sei er, sagte er, verabschiedete sich und schlug die Autotür eine Spur zu heftig zu. Sie fuhr davon.

Als er im Sattel saß, merkte er, mit dem Fahrrad stimmte etwas nicht. Es wollte nicht geradeaus fahren. Und auch die Kastanien zwischen Parkweg und Straße benahmen sich eigenartig. Sie beugten sich förmlich zu ihm herunter. Er klingelte sie an, doch sie reagierten nicht.

Die Luft schmeckte feucht und wieder wie Honigmilch, nur dass der Milch auf einmal mehr Honig beigemischt zu sein schien. Ein Mann in einem elektrisch betriebenen Rollstuhl kam ihm entgegen. Das eine Bein des Mannes steckte in einer wuchtigen blauen Plastikschiene. König sah, der Mann fuhr direkt auf einen Haufen Hundekot zu, der mitten auf dem Weg lag. König klingelte, deutete auch mit der Hand auf den braunen geringelten Haufen. Aber sei es, dass seine Armbewegung sehr fahrig ausgefallen war, sei es, dass der Mann sie als freundliches Winken missverstand, jedenfalls fuhr er zuerst mit dem linken vorderen kleinen Rad seines Rollstuhls und dann mit dem großen hinteren Rad mitten durch den Haufen. Und als König abermals klingelte, einen übertrieben großen Bogen machte, um den Rollstuhlfahrer vorbeizulassen, lachte ihn der Mann so ausgelassen an, als sei König ein alter Kumpel von ihm, den er hier, auf diesem Parkweg, endlich wieder einmal getroffen habe. Im Vorbeifahren sah König den Hundekot am großen Rad des Rollstuhls kleben, als sei dort der Reifen geplatzt und es habe sich ein faustgroßer Wulst gebildet. König lachte gleichfalls. Er lachte laut und tief kollernd und auch irgendwie kumpelhaft. Während er dann weiter kräftig in die Pedale trat, besann sich sein Rad noch immer nicht aufs Geradeausfahren.

5

»Jupp, Jupp, kumm ens, da is ener mit nem Dier«, rief die Frau, die in der Tür stand und sich halb umgedreht hatte, ins Haus zurück.

»Marie, wat is loss?«, ertönte aus dem Inneren eine tiefe, freundliche Männerstimme, die aber ein wenig rau klang.

»Wegen dem Dier, Jupp, dem Katzendier«.

»Een Momang«, sagte die Frau, »mine Maan kömmt glich.«

König stand da, hielt die Transportbox, in der er das Gewicht von Barnard spürte, am Henkel und sah der Frau nach, die wieder ins Haus zurückging. Sie hatte eine zierliche Gestalt und trug einen eng anliegenden Pullover.

Der Mann, der kurz darauf durch den Flur kam und auf König zutrat, war groß, stämmig und hatte ein offenes, rundes Gesicht. Er trug zu einer kakifarbenen Hose ein gelbes Poloshirt mit einem kleinen aufgenähten Krokodil auf der Brust.

König sagte seinen Namen, wiederholte ihn mit akademischem Grad, erklärte, er bringe die Katze zurück, die man per Anschlag gesucht habe. Er stellte den blauen Transportkäfig ab, in dem sich Barnard Gott sei Dank still verhielt, zog den Anschlag aus der Innentasche seiner Jacke und wies ihn vor.

»Hier«, sagte er, »Ernst oder Ernest, den haben Sie doch gesucht, nicht?«

»Schmitz«, sagte der Mann und gab König die Hand. König sah, der Mann hatte schmutzige Fingernägel und einen dunklen Fleck auf seinem Handrücken, der wie die Spur von verunreinigtem Öl aussah. »Ja, dat is unser Ernie«, sagte der Mann mit Blick auf den Anschlag. »Aber kommen Sie doch herrin, Herr Doktor König.«

Barnard ließ ein kurzes Maunzen hören und dann etwas wie ein kleines, verhaltenes Grollen. König folgte dem Mann in ein teuer eingerichtetes Wohnzimmer, wie man sofort sah. Graue Polstergarnitur, davor ein flacher weißer Glastisch mit verchromten Beinen, flauschiger, graublauer Mohairteppich.

Die Frau saß in einer Ecke eines der grauen Polstermöbel und fragte, nachdem König eingetreten war, ob sie Kaffee anbieten dürfe. König bejahte. Und nachdem man ihn gebeten hatte, Platz zu nehmen, setzt er sich in einen der tiefen Sessel, die sehr nach Designerstücken aussahen. Den Transportkäfig stellte er neben seinen Füßen ab. Durch die geöffnete Terrassentür, die in einen weitläufigen Garten hinausführte, hörte man Amseln pfeifen. Man sah auf der Terrasse eine kleine Tonschale stehen.

»Konjäcksche …, Herr Doktor König?«, fragte der Mann, dieser Herr Schmitz, und trat bereits an eine Glasvitrine, entnahm ihr eine Kognakflasche und Gläser, die er auf den Tisch stellte. Bevor die Frau den Raum verließ, um in der Küche den Kaffee zuzubereiten, blieb sie in der Tür stehen, wandte sich zu König und sagte, sie sei »eijentlich janz froh jewesen, dass dat Dier fort war«.

»Ernest …«, warf ihr Mann ein.

»Dass dat Dier abjehauen is«. Man habe nämlich schon drei. Die seien jetzt alle draußen »irjendwo«.

»Marie, isch bitte disch«, sagte der Mann und goss Kognak ein.

»Er meint nämlich, Herr …«

»Doktor König«, sagte Herr Schmitz.

»Er meint nämlich, Herr Doktor König, weil dä Schriftsteller Hamingwui sieben Katzen ..., du hast doch jesacht Jüppsche, sieben Katzen da Hamingwui, wie er auf dat Insel Kuba jelebt hat, da bräuchte dä Jupp Schmitz, jeboren in Köln-Sülz, zumindest vier. Und dann kunt da Schmitzsche Jupp och so jut schrieve wie dä Hamingwui. Stimmt doch Jüppsche, stimmt doch.«

»Marie, isch bitte disch ...«

Sie gehe jetzt und mache Kaffee, sagte die Frau.

»Jo, dun dat, Marie«, sagte Herr Schmitz ganz mild.

König überlegte, ob dies ein guter Moment sei, um Barnard zu präsentieren. Aber weil er nicht wusste, wie der in der fremden Umgebung reagieren würde, auch die kleine Meinungsverschiedenheit zwischen dem Mann und der Frau störend wirken mochte, wartete er noch ab.

»It hät ja rescht, dat Marie«, sagte Herr Schmitz, hob sein Kognakglas und prostete König zu. Wieder sah König die schwarzen Fingernägel und den Ölfleck auf dessen Hand. König nickte dem anderen lächelnd zu und trank einen Schluck aus seinem Glas.

Und dann merkte König, dieser Herr Schmitz, Kölner, wie seine Frau gesagt hatte, schien nur auf ihn gewartet zu haben. Denn während man durch die offene Terrassentür die Vögel im Garten hörte und dann auch, wie die Frau in der Küche mit Geschirr klapperte, brach es förmlich aus Herrn Schmitz heraus.

»Ihr als Studierter möt dat verstonn«, begann er. Ja, er »schrieve«, er schreibe literarisch, auch wenn er »ne jelernter Automechanikermeister wär. Und Unternehmer. Jebrauchtwagenhändler mit nem Aavschleppdienst. Der allerjröste in dä Stadt«. Er, der Herr Doktor, habe gewiss schon seine »Aavschleppwajen« gesehen mit der Aufschrift: »Der Schmitz kommt wie der Blitz.«

Jetzt senkte der andere die Stimme. »Ich mach Jeld, Jeld wie Heu, mit mingem Aavschleppkrom«, sagte er und da wolle er sich auch »wat« leisten. »Minge Luxus is Littratur un Liebe.« Er lachte rau und fixierte König, um zu sehen, wie dieser auf solche Mitteilungen reagierte. Doch König blieb bei seinem sanften Bubenlächeln, trank abermals von dem Kognak.

»Watt dat Schrieven betriff«, so habe er sich eben ein wenig an »old Ernie Hemingway« orientiert. Es stimme schon, »watt dat Marie diesbezüchlich jesaat« habe. »Un watt die Liebe anjeht, na, Schwamm drüber, man hätt halt so sin Klein nevenbei.«

Und dann schien es, als habe er eine verbale Ölablassschraube geöffnet, und die Sätze flössen nur so heraus aus seiner gedanklichen Ölwanne. Er habe manchmal so viele Geschichten im Kopf, sagte er. Wenn man als Abschleppunternehmer zu einem Unfall oder einem liegengebliebenen Fahrzeug komme, da blicke man oft in menschliche Abgründe, bekomme man menschliche Dramen mit. »Ihr künnt üch dat nit vürställe, Herr Doktor.« Heute fahre er ja nur noch selten mit raus, aber früher, als er sein Unternehmen »oppjebaut« habe, »isch kann dir sagen, Trajödjen«. Da werde »jeschandt« und vor Angst und Verzweiflung »jebützt un jekrische und vor Schmerz jebrüllt«. Und das trage man dann halt lange mit sich herum, und er kriege das dann nur aus dem »Kopp«, wenn er davon in der einen oder anderen Form erzähle, »datt ovschrieve. Jo, so is datt, Herr Doktor König«. Er sei Rheinländer, Leidenschaftsrheinländer, Kölner, um genau zu sein. Und die Rheinländer, »die dun jähn verzälle«. Das könne er ihm glauben, als Rheinländer, als Leidenschaftsrheinländer »häst du et in dingem Schwabenländsche nit immer janz einfach, mit dem schweichsame Völksche hier. Prost, Herr Doktor.«

Die Frau brachte den Kaffee, der wunderbar duftete. Als der Mann König fragte, wo er »den Ernie jefunden« habe, erfand König rasch eine rührselige Geschichte von einer alten Frau, die ihn angesprochen habe, ob er nicht wisse, wem eine schwarze Katze gehöre, die ihr zugelaufen sei. Ihre Rente sei klein. Sie könne nicht täglich Katzenfutter kaufen. Und wenn das »Dierle« einmal krank werde, könne sie den Tierarzt auch nicht bezahlen. Herr Schmitz nickte. »Jo, dat jitt et«, sagte er. Frau Schmitz nickte auch und goss Kaffee ein.

König merkte, das war der Moment, um den Leuten Barnard zu präsentieren. Behutsam öffnete er das Türchen der Transportbox. Dann ging alles sehr schnell. Barnard kam heraus, drückte sich mit dem Bauch flach auf den Mohairteppich und kroch so und mit angelegten Ohren in Windeseile Richtung offenstehender Terrassentür.

»Jo, dat is hä, dä Ernie«, sagte Herr Schmitz und schaute Barnard nach.

»Isch wees net, Jupp, isch wees net«, sagte die Frau.

»Aba Marie, komm, ja, ich werd doch minge Ernie kenne.«

Doch da war Barnard schon bei der Terrassentür, schlüpfte hinaus, nahm draußen normale Haltung auf gestreckten Beinen ein, aber sein Schwanz blieb unruhig. Er roch an dem Schälchen, das auf der Terrasse stand und in dem sich anscheinend Futter für die Schmitzschen Katzen befand. Nachdem er sich mit zuckendem Schwanz und nun wieder aufgestellten Ohren umgesehen hatte, kauerte er sich einen Moment lang vor dem Schälchen hin, fraß hastig ein wenig von dem Futter, während Herr Schmitz konstatierte, das sehe man doch, »datt dat Ernie« nicht vergessen habe, wo das Katzenfutter immer gestanden habe. Man sah, Barnard trollte sich jetzt in den Garten hinaus, immer wieder am Boden riechend, wo er anscheinend die Duftspuren der anderen Katzen aufnahm, und kurz darauf war er in der Weitläufigkeiten des Geländes verschwunden.

Als man wieder dem Kaffee zusprach, sagte die Frau, »dat Jüppsche« solle doch dem Herrn Doktor eine seiner »Jeschischten« zeigen.

»Loss ens Marie, loss ens.«

»Sehen Sie, Herr Doktor, erst schrievt er dat Zeug un dann schämt hä sich dofür«, sagte die Frau, stand auf, trat zu der Glasvitrine, zog eine Schublade auf, nahm mehrere dicht beschriebene Blätter heraus, setzte sich wieder und machte Anstalten, vorzulesen.

»Marie, Schatzemann, isch bitte disch«, wandte Herr Schmitz zuerst noch ein. Doch dann besann er sich offenbar eines anderen, ermunterte seine Frau, doch, ja, sie solle »dat Ding« ruhig vorlesen.

Frau Schmitz lehnte sich zurück, nahm noch einen Schluck Kaffee und begann.

Es hatte eine Zeit zum Ende seiner Jahre auf dem Gymnasium und dann auch später während seines Studiums in Hohenheim gegeben, da war König ein wirklich starker Belletristikleser gewesen. Den Kazantzakis und dessen »Sorbas« hatte er damals für sich entdeckt, jenen Nikos Kazantzakis, der gesagt hatte, die Tiere hätten auch eine Seele, seien auch Menschen, nur dass sie nicht sprechen könnten. Jack Londons »Der Sohn des Wolfes« und »Ruf der Wildnis« hatte er nachgerade verschlungen. Über London war er auch wieder zu den Amerikanern zurückgekehrt, die man im Englischunterricht von seinem wunderbaren Lehrer Wolfgang Albrecht nahegebracht bekommen hatte, Hemingway zumal. Dem hatte er lange die Treue gehalten. Eine seiner Lieblingsgeschichten war damals Hemingways Short Story »Das kurze glückliche Leben des Francis Macomber« gewesen, mit dieser ungemein genauen Beschreibung eines Löwen, der angeschossen worden war. Wie sich der Autor da in die Gefühlslage der Großkatze hineinversetzt hatte, die blutend im hohen Gras der Savanne in ihrer Deckung lag, das hatte ihn als angehenden Veterinärmediziner fasziniert, ja nachgerade in der Wahl seines Studienfaches bestätigt.

Schon als Frau Schmitz die Überschrift las, fiel König die berühmte Hemingway-Kurzgeschichte »Katze im Regen« ein. »Katze im Schnee« lautete die Überschrift des Textes von Herrn Schmitz. Darin ging es um ein junges deutsches Paar, das in Österreich oder der Schweiz, jedenfalls in den Alpen irgendwo nach einem Autounfall in einem Hotel festsaß. Zu dem Unfall war es durch eine über die verschneite Straße laufende Katze gekommen, worauf der Mann hatte ausweichen wollen, auf den Sommerreifen seines

Wagens jedoch ins Schleudern geraten und gegen einen Baum geprallt war. Man war unverletzt geblieben und mit dem Schreck davongekommen, doch der Wagen musste in eine Werkstatt geschleppt werden.

Zu Beginn der Geschichte stand die junge Frau am Fenster des Hotelzimmers und schaute hinaus. Sie hatte dem Mann heftige Vorwürfe wegen der Sommerreifen gemacht. Doch jetzt war der Streit abgeflaut und der Mann lag auf dem Bett und las in einer Autozeitschrift. Draußen schneite es und ein starker Wind blies den Schnee fast waagerecht vor sich her. Unter dem Fenster, durch das die Frau hinausblickte, sah sie eine Katze unter einem der vom Schnee bereits zentimeterhoch bedeckten Tische kauern. Die Katze versuchte, sich zusammenzuballen, sodass es nicht auf sie schneien konnte, hieß es in der Geschichte. An dem Wort »zusammenballen« erkannte König, dass Schmitz Hemingways Text genau kannte, denn er, König, war damals bei seiner Lektüre über das Wort »zusammenballen« gestolpert, das ihm ungelenk und hölzern vorgekommen war, was vielleicht aber auch nur an der Übersetzung gelegen hatte.

»›Ich geh runter und hole die Katze‹, sagte die junge Deutsche«, so las Frau Schmitz.

»›Ich werd's machen, erbot sich der Mann‹«, wie es in der Geschichte weiter hieß, und er fügte hinzu, vielleicht werde er jetzt einen neuen Wagen kaufen.

»›Du hättest besser neue Winterreifen gekauft‹, sagte die Frau schnippisch und fuhr fort: ›Ich hole die Katze. Das arme Tier da draußen, wie es sich anstrengt, um unter dem Tisch nicht vollgeschneit zu werden‹.«

Und während Frau Schmitz weiterlas, achtete König nur noch darauf, wie der Verfasser diese Imitation der Hemingway-Geschichte, dieses Plagiat, gemacht hatte. Je länger er zuhörte, ab und an auch einen Blick zu Herrn Schmitz hinüberwarf, der mit verschlossenem Gesicht dasaß, vor sich hinstarrte, um so mehr fand König, er hatte das gar nicht ungeschickt gemacht.

Nachdem Frau Schmitz geendet hatte, forderte sie König fast ultimativ auf, seine Meinung zu der Geschichte zu sagen, »die sich dä Jupp do usjedaaach hätt«.

Nein, dachte König, er würde nicht sagen, dass dies etwas Kopiertes, etwas Nachgemachtes war. Er hätte nicht erklären können, warum er sich so verhalten wollte, ob es ein plötzlich aufkommendes Solidaritätsgefühl mit dem Verfasser war oder doch der Respekt vor jemandem, der als Automechaniker und Katzenliebhaber auf seine Weise etwas über das Verhältnis von Mensch und Tier hatte sagen wollen. Und dass er dabei eine deutliche Anleihe bei einem großen Psychologen der tierischen und der menschlichen Seele gemacht hatte, war doch eigentlich gar nicht so schlimm.

Und so begann König davon zu reden, dass der Schnee in der Geschichte sehr schön einerseits die Unschuld der jungen Frau und andererseits aber auch die emotionale Verkrustung, ja Vereisung zwischen dem Paar symbolisiere. »Ja«, sagte König abschließend, »das ist eine sehr schöne Angstgeschichte. Und es ist auch eine sehr schöne Liebesgeschichte.«

»Jo, jo, wirklich …?«, staunte Frau Schmitz.

»Aber selbstverständlich«, sagte König mit Bestimmtheit.

»Leeve Jung«, sagte Herr Schmitz mit leiser, rauher Stimme, »leeve Jung, dat häste alles sehr, sehr schön jesaat.«

Er streckte König die Hand mit dem Ölfleck und den dunklen Fingernägeln über den Tisch. König grinste und drückte sie kräftig.

»Na so wat, minge Jüppsche is ene richtje Dichtä, wie dä Hamingwui«, sagte Frau Schmitz.

Sie baten König, zum Abendessen zu bleiben. Er blieb. Der rheinische Sauerbraten und das obergärige Bier waren köstlich. Barnard hatte sich die ganze Zeit über nicht mehr gezeigt, schien ein für allemal in den Weiten des Schmitzschen Gartens untergetaucht zu sein. Als König sich schließlich verabschiedete, Schmitz ihn zur Tür brachte, ließ König beiläufig das Wort Finderlohn fallen. »Aba jo dat«, sagte Herr Schmitz. »Doktor, du bist minge beste Fründ.« Er zog ein mit einer Spange zusammengehaltenes Bündel Geldscheine hervor, blätterte reichlich davon weg und stopfte sie König in die Jeanstasche. »Und kumm uns doch ens wieda besöke, Doktor«, sagte er und umarmte König heftig. »Maachste dat? Jo maach dat, leeve Jung.« König ging mit seinem blauen Transportkäfig davon und draußen auf sein Fahrrad zu, das er in einiger Entfernung an einen Gartenzaun gelehnt hatte. Als er außer Sichtweite des Schmitzschen Hauses war, blieb er stehen, setzt die Transportbox ab, zog die Scheine heraus und zählte. Es waren ein Fünfhunderter und drei Hunderter. Pfeifend und auf freier Strecke immer wieder laut klingelnd, fuhr er zum Rieselfeld hinaus.

6

»Das ist nicht unsere Katze.«

»Doch …!«

»Nein, nein, das ist nicht unsere Katze. Auf keinen Fall.«

»Du kennst nicht einmal deine Katze.«

»Und du, du hast meine Katze von Anfang an gehasst, meine Minka.«

»Ich habe eine Katzenhaarallergie«, sagte der junge Mann, der einen blauen Sakko, Jeans und schwarze

Schuhe anhatte und ständig an seinem Ziegenbart zupfte. »Außerdem muss ich gleich noch mal ins Büro, unsere Kundenzeitschrift fertigmachen.«

»So, auf einmal hast du eine Katzenhaarallergie«, sagte die junge Frau. Ihr grünes Sweatshirt hatte vorne die Aufschrift »Gibbon« und zeigte darunter einen stilisierten Affen. Ihre üppigen schwarzen Locken umrahmten wie ein Turban ihren Kopf und ihr schmales Gesicht. Sie stand im Flur der kleinen Wohnung neben dem Mann, hatte eine Spülbürste in der einen Hand und schlug sich damit immer wieder auf die Finger der anderen Hand.

Frau Semmelweis kauerte in einer Ecke des mit hellem Laminat ausgelegten Flures, hatte die Ohren angelegt, das Maul aufgerissen, sodass man ihre spitzen Zähne sehen konnte, und fauchte die beiden immer wieder an.

»Siehst du«, sagte die junge Frau, »sie mag uns nicht, weil sie nicht unsere Katze ist. Meine Minka ist zwar auch rot und weiß gefleckt, aber ganz anders.« Sie machte eine Pause und blickte König empört an. »Wie kommen Sie überhaupt dazu zu sagen, das sei unsere Katze.«

»Nun ja«, sagte König verbindlich und schaute zu Frau Semmelweis hinunter. »Ich bitte Sie, überlegen Sie sich das gut. Schauen Sie sie doch ganz genau an.«

Dritter Stock. Argonnenstraße. Auf dem Anschlag, den König in der Endersbacher Straße entdeckt gehabt hatte, war neben dem Foto der Verschwundenen, neben Straße und Hausnummer der Name Roggenwallner gestanden. Auf dem Klingeschild unten neben der Haustür war darunter noch A. Yilmaz zu lesen gewesen.

Jetzt wurde Herr Roggenwallner ganz mild. Er trat auf die Frau zu und sagte leise und zärtlich. »Aishe, mein Äffchen, willst du nun die Katze oder nicht?«

»Nein, nein, das ist nicht meine Minka«, zischte sie und funkelte Herrn Roggenwallner zornig an. »Und nenn mich nicht so, ja, ja …!«

Frau Semmelweis fauchte.

Die junge Frau schlug sich mit der Spülbürste kräftig in die linke Handfläche, drehte sich erbost um, trat in den Nebenraum, die Küche offenbar, und knallte die Tür hinter sich zu. Dann hörte man sie aufschluchzen.

König beugte sich zu Frau Semmelweis hinunter, packte sie mit festem Griff am Nackenfell, bugsierte sie mit einer energischen Bewegung in die Transportbox zurück, verschloss das Türchen, fasste den Henkel, richtete sich auf, stieß ein kurzes »Guten Tag« hervor und trat schon durch die offenstehende Wohnungstür auf den Treppenabsatz hinaus. Frau Semmelweis jammerte laut und kläglich.

Während König dann die Treppe hinunterging, hörte man durch die noch immer offene Wohnungstür das junge Paar. Wenn er sie noch einmal, noch dazu vor Fremden, Äffchen nenne, werde sie ihn verlassen. Auch wenn sie dann nicht wisse, wie sie ihr Biologiestudium finanzieren solle. »So nicht, Aishe, so bitte nicht!« Er glaube wohl, weil er ihr Studium bezahle, könne er sich alles erlauben. »Du blöder Allianz-Vertreter mit deiner blöden Generalvertretung«. Dann ein Klatschen, als würde ein rohes Kotelett gegen eine gekachelte Wand geworfen. Und dann nur noch Wimmern. Abermals wurde eine Tür zugeschlagen.

7

Die Kleine schnurrte.

Er hatte diese zwei Handvoll Fell und Wärme auf seinen Oberschenkeln liegen, spürte ihren Herzschlag und hörte sie schnurren. Er hatte sich zwei Stühle mit hinausgenommen, auf dem einen saß er, auf dem anderen hatte er seine ausgestreckten Beine liegen und auf diesen diesen kleinen zugelaufenen Neuzugang: blaue Augen, große spitze Ohren, im Fell schwarze Streifen auf hellgrauem Grund.

Die Kleine schnurrte.

Und dass es ein Weibchen war, hatte sein geschultes Veterinärauge sofort bemerkt.

Früher Abend. Am Vormittag hatte es geregnet, aber jetzt war die warme Luft klar und rein. Und von der Stelle vor dem Gartenhaus, wo er saß, konnte man weit ins Flusstal und über den jenseitigen mit Wein bewachsenen Hang bis zu einem Riegel von Hochhäusern in der Ferne sehen. Es war einige Tage, nachdem die Aktion mit Frau Semmelweis so schief gegangen war. Frau Semmelweis saß unter seinem Stuhl.

Die Kleine, die jemandem im nahen Stadtteil entlaufen sein musste, war wohl draußen im Gelände den Geruchsspuren der anderen – Hippokrates, Frau Röntgen, Frau Semmelweis – gefolgt und war dann durch die Katzenklappen im Zaun und an der Hinterseite des Palasts ins Katzendomizil geschlüpft, wo König sie vorfand und sofort an Anita Ekberg in dem Film »La Dolce Vita« denken musste.

Jüngst hatte Anita Ekberg einen runden Geburtstag gefeiert und man hatte sie in der Zeitung mit einem großen Artikel gewürdigt, in dem man auch auf jene berühmte Szene eingegangen war, in der sie als Filmstar Sylvia durch Roms nächtliche Straßen streunt. »Eine große üppige Frau mit blonder Mähne und schulterfreiem schwarzen Kleid«, hatte es geheißen, wie König sich erinnert hatte, »eine Frau, die sich nicht um den sie wie ein brünstiger Kater umkreisenden Journalisten kümmert, der von Marcello Mastroianni gespielt wird. Stattdessen«, so war in dem Artikel weiter zu lesen gewesen, »hebt sie vom Pflaster plötzlich ein weißes Kätzchen auf und setzt es sich auf den Kopf als wäre es ein Pelzmützchen«. König hatte den Film vor einiger Zeit zusammen mit Christiane in einer Fellini-Retrospektive in einem der Programmkinos der Stadt wieder gesehen. Und sie hatten sich auf dem Heimweg lange über die Szene mit dem Kätzchen unterhalten, weil Christiane sie so verstörend gefunden hatte, ebenso wie den Moment, in dem Anita Ekberg und Marcello Mastroianni dann in das Becken der Fontana di Trevi steigen und sie sich ihm, weiß und wollüstig und mit zurückgeworfenem Kopf und ergeben herabfallenden Armen darbietet wie eine soeben aus dem Wasser emporgetauchte Inkarnation aller weiblichen Sexualität und aller weiblichen Fruchtbarkeit der Welt.

König hatte sich im Katzenpalast vor der Kleinen niedergehockt, hatte die Hand ausgestreckt und gewartet, bis sie herbeigekommen war und an seinen Fingern geschnuppert hatte. »Ich werde dich Anita nennen«, hatte König zu dem Kätzchen gesagt, das in diesem Moment ein dünnes spitzes Maunzen ausgestoßen hatte, worauf Hippokrates, der von seinem erhöhten Sitzplatz aus alles beobachtet hatte, in tiefer Tonlage fast ein Knurren von sich gegeben hatte. Er solle bloß nicht eifersüchtig sein, hatte ihn König ermahnt.

»Hallo, hallo …! Ist da wer …?«

König schreckte aus seinen Gedanken auf und sah an der Tür des Zaunes, der das Gelände umgab, einen Mann stehen und herüberschauen. »Hallo, hallo …!«, rief der Mann jetzt abermals. Zuvor hatte man von der Straße her, die an den Kleingärten entlang zu den ersten Häusern des Stadtteils führte, ein Auto gehört, dann war ein Motor abgestellt und eine schwere Autotür zugeschlagen worden.

»Was machen Sie denn hier?«, rief der Mann und kam nun durch die Tür im Zaun herein. »Ich denke, das Gartenhaus gehört dem Specht. Und da hat doch bis vor Kurzem eine alte Frau gewohnt.«

König nahm die Kleine hoch, stand auf, setzte sie auf den Boden, wo sie sofort Richtung Palast davonlief, und ging auf den Mann zu.

Der trug einen etwas ausgebeult wirkenden braunen Anzug, dessen Hosenbeine, wie man sah, über schwarzen Schuhen deutlich zu kurz waren. Er hatte ein kariertes Hemd mit offenem Kragen an und in der linken oberen Tasche seines Sakkos bauschte sich ein cremefarbenes Einstecktuch, das er jetzt herauszog und sich damit Stirn und Glatze abtupfte. Dann stopfte er das Einstecktuch wieder in die Tasche, zupfte es zurecht, ohne dabei hinzublicken.

»Ich wohne hier«, sagte König, »und zwar mit Einverständnis von Herrn Specht.«

»Aber nicht mehr lang«, sagte der Mann und ließ seinen Blick über das Gelände schweifen. »Demnächst fahren hier die Bagger auf.«

»Wie …?«, sagte König, »Bagger …?« Er machte eine kurze Pause und musterte den anderen. »Wer sind Sie überhaupt?«, fragte König und fügte hinzu: »Nur damit das klar ist, meine Name ist Karlheinz König, Doktor Karlheinz König. Ich bin ein Freund von Herrn Specht, der mir erlaubt hat, mich vorübergehend hier aufzuhalten.«

»Aber nicht mehr lang, nicht mehr lang«, wiederholte der Mann und nestelte an seinem Einstecktuch. Er kaufe nämlich dem Specht »das Hüttle und das Wiesle hier« ab, und da komme ein Ausflugslokal der Extraklasse hin. Beste Gastronomie mit bester Aussicht. Pläne seien schon fertig. Es fehle nur noch der Vertrag mit dem Specht.

»Wie ist Ihr Name?«, fragte König barsch.

»Breuninger«, sagte der Mann.

Nur damit er, König, seinem Freund Hartmut Specht berichten könne, wer hier aufgetaucht sei und von Baggern und einem Ausflugslokal »gequatscht« habe.

»Na, na, na …«, sagte der Mann und König schaute wieder auf dessen zu kurz geratene Anzughose. »Ich bin der Breuninger«, fuhr der Mann fort. »Manche sagen auch, ich sei der Immobilien-Breuninger. Na ja, ich habe dreiundzwanzig Immobilien hier in dem Stadtteil und auf dieser Seite des Flusses. Zudem drei Metzgereibetriebe und einen Fleischversand und Fleischgroßhandel.« Er sei Metzgermeister von Beruf und demnächst werde er hier, wie gesagt, ein Ausflugslokal hinknallen, das sich gewaschen habe. »Meinem neuen Angebot wird der Specht nicht widerstehen, weil, wissen Sie, den scheiß ich zu mit meinem Geld. Den scheiß ich so was von donderschlächtig zu mit meinem Geld, dass der nur noch nach Luft schnappt und den Vertrag unterschreibt.«

»Auf Wiedersehen«, sagte König scharf. »Ich werde meinem Freund Specht von Ihrem unverschämten Auftritt hier berichten.«

Er ließ den Mann stehen, ging ins Gartenhaus und knallte die Tür hinter sich zu.

Als er sein Handy herauszog, um Specht anzurufen, sah er durch die Fenster diesen Breuninger draußen vor dem Gartenhaus mit regelmäßigen großen Schritten hin und her gehen, mit denen er offensichtlich das Gelände vermaß. Da stürzte König zur Tür, riss sie auf und schrie: »Verschwinden Sie! Verschwinden Sie sofort!«

König sah, wie Frau Semmelweis, die noch immer unter dem Stuhl gesessen hatte, vor Schreck einen großen Satz machte und blitzschnell durch die offen stehende Tür und vorbei an seinen Beinen ins Innere des Gartenhauses floh.

Bei Spechts meldete sich nur Frau Specht, die mitteilte, ihr Mann sei nicht da. König erklärte, wer er sei. Ja, sagte Frau Specht, ihr Mann habe ihr von seinem alten Schulkameraden erzählt, der jetzt vorübergehend im Rieselfeld wohne. »Es ist ja alles vorhanden, man kann da gut hausen.« Sie freue sich, sagte sie, seine Bekanntschaft zu machen. »Wissen Sie, das ist ein wunderbarer Platz da draußen. Wir haben dort mit den Kindern immer schöne Stunden verbracht.« Sie habe im Rieselfeld immer gern aquarelliert. Allein schon der Blick ins Weite, den habe sie in ihren Bildern viele Male festgehalten. »Hartle wird Ihnen gesagt haben, dass ich male.«

Als König auf Breuninger und dessen Absichten zu sprechen kam, war Frau Specht sofort auf seiner Seite. Sie finde es auch nicht gut, dass »der Hartle«, also ihr Mann, das Anwesen verkaufen wolle. Auch wenn er sich jetzt, wie er immer sage, mit dem Geld einen Jugendtraum erfüllen wolle. »Ein Motorboot, eine große Motoryacht will er sich mit dem Erlös kaufen, stellen Sie sich vor. Aber Herr König, ich bitte Sie, unser großer Bach ist zwar mit seinen Weinbergen an den Ufern sehr schön, aber mit den vielen

Schleusen für ein großes Motorboot dann doch zu dürftig.« Wenn das Rieselfeld schon verkauft werde, so wäre es ihr lieber, ihr Mann würde mit dem Geld die Hypothek aufs Haus tilgen. Ja, sie werde jetzt noch mal mit ihrem Mann sprechen. Aber »der Hartle« könne manchmal schon ein ziemlich sturer Kerl sein. Doch das werde er, König, aus gemeinsamer Schulzeit bestimmt noch wissen. König bat, sie möge ihren Mann bitten, ihn anzurufen, nannte ihr seine Handynummer. Er hob den Blick, schaute durchs Fenster hinaus. Breuninger war verschwunden.

schnurr-murr, schnurr-murr, die kleine ist allerliebst, in dem alter und wenn sie gute erbanlagen haben, sehen sie immer bezaubernd aus, und der zweipföter hat sich doch gleich verliebt in sie, das hab ich doch gesehen, zum verlieben, zum streicheln, zum knutschen und knuddeln sind sie in dem alter, aber auf den bauernhöfen werden sie immer noch, wenn es zu viele sind, ertränkt, in einen sack gesteckt und ins wasser mit ihnen und wenn es nur ein voller wassereimer ist, schnurr, schnurr, und dann helfen keine weidenkätzchen, nennt sie anita, bin hippokrates, bin es nicht, weiß alles, weiß nichts, bin der große ewige schnurrer, schnurr-murr, schnurr-murr, anita, die schauspielerin, die sich so eine kleine auf den kopf gesetzt hat, ehe sie in den brunnen gestiegen ist, wasser, wasser, wir mögen kein wasser, mögen es trocken und warm, so wie hier, wo wir alle unsere plätze haben, wo auch die kleine ihren platz finden wird, wo ist sauerbruch, wo ist barnard, was wird geschehen, schnurr-murr, schnurr-murr, was?

8

Ihre Stimme ganz hell, ganz leicht, eine Stimme wie ein im Sonnenlicht pendelnder Zitronenfalter. Sie stehe hier unten an der Elbestraße bei den Kleingärten und wolle ihm seinen Sack Katzenstreu bringen.

Es war der nächste Sonntagnachmittag, an dem ihn ihr Anruf erreichte. Er war mitten in der Arbeit an seinem Aufsatz. Soeben hatte er eine Passage zu Papier gebracht, in der er auf weitere Beispiele von Versuchen eingegangen war, wie sie in verschiedenen Laboren, nicht jedoch bei Neckar-Pharma, vorgenommen worden waren. Diese Versuche hatte er aus dem Bereich der sogenannten Hörforschung dargestellt, und er hatte beschrieben, wie Katzen das Gehör zerstört worden war, indem man ihnen ab dem ersten bis zum zwanzigsten Lebenstag täglich eine aggressive Substanz injiziert hatte. Dann wurden den Katzen Elektroden in das Gehirn implantiert, indem man ihnen den Schädel öffnete und Elektrodenkammern einzementierte, und so weiter. Zur Bestimmung der Hörschwelle habe man die Tiere über drei Monate an fünf Tagen für jeweils vier Stunden in einer Box chronisch elektrisch stimuliert und akustisch beschallt, hatte er geschrieben. Dann war er übergegangen zur Schilderung der Charaktere und Persönlichkeitsstrukturen von Tierexperimentatoren, wie sie von den Psychotherapeuten Dr. Margot und Dr. Herbert Stiller beschrieben worden sind. Er hatte in den in seine alte Olympia hineingeklopften Text ein Zitat dieser Psychotherapeuten eingefügt, das da lautete: »Manche Fixiermethoden, die Durchschneidung der Stimmbänder sowie die künstlich gesetzte vollständige Lähmung bei voll erhaltenem Bewusstsein, dienen nicht nur der Ausschaltung von Störfaktoren, sondern auch ihren Machtgelüsten und dem Wunsch, das Tier als Lebewesen unkenntlich zu machen, zu verfremden, zu verdinglichen. Diese Verdinglichung, das heißt, ein Lebewesen als Sache darzustellen, soll nun aber nicht nur eventuell aufkommende Schuldgefühle im Keim ersticken, sondern einen Trugschluss beziehungsweise eine Lüge als wahre Begebenheit erscheinen lassen, und zwar: Tiere seien Messinstrumente, deren Daten Rückschlüsse auf den Menschen zulassen. Eine solche Einstellung ist einerseits zutiefst unmoralisch und andererseits in höchstem Grade kriminell, da sie auf

Vortäuschung falscher Tatsachen beruht«, so hatte er geschrieben und sich vorgenommen, in diesem Zusammenhang auch auf den Fall des Zürcher Universitätsprofessors Walter Hess einzugehen. Dieser hatte unzählige Katzen durch Gehirnoperationen langsam zu Tode gequält. Alle seine Entdeckungen sind inzwischen gründlich widerlegt und haben nichts zur Erweiterung des Wissens über das menschliche Gehirn beigetragen. Hess sei trotz seiner wissenschaftlichen Fehlschläge und extremer Grausamkeiten mit dem Nobelpreis ausgezeichnet worden, würde er schreiben.

Das Gartenhaus schien auf der Lichtflut, die sich über das Rieselfeld und durch das Flusstal ergoss, zu schwimmen. Hippokrates als Statue auf der Türschwelle, einer, dem nichts entging. Frau Semmelweis bequem auf dem Sofa, an ihre Flanke geschmiegt Anita, die kleine Neue, die Augen ganz schmal gemacht, die Pfoten unter das Köpfchen gelegt. Vom Kirchturm des nahen Stadtteils zogen akustische Spinnwebfäden her, als die Uhr halb fünf schlug.

Er komme, hatte König zu Lisamaria gesagt, sie solle bleiben, wo sie jetzt sei. Während er hinunterging, pflückte er im Gras neben dem Weg drei Gänseblümchen, die er ihr, als er neben ihrem kleinen schwarzen Auto stand und sie das Fenster heruntergelassen hatte, ins Haar steckte, was eine ungelenke Fummelei an ihrem Kopf zur Folge hatte, die sie jedoch geduldig über sich ergehen ließ. Sie habe Kuchen, ein Stück Torte und ein paar selbst gemachte Pralinen mitgebracht, sagte sie, ehe König einstieg und man zum Gartenhaus hinauffuhr, wo er den Sack mit dem Katzenstreu vom Rücksitz nahm und damit durch die Tür im Zaun auf das Gartenhaus zuging, das er ihr, die den Wagen draußen hatte stehen lassen und ihm mit der Kuchentüte gefolgt war, mit den Worten präsentierte: »Voilà, das Schloss im Rieselfeld. Herzlich willkommen.«

Nachdem er ihr den Katzenpalast gezeigt hatte, beobachtet von Frau Röntgen auf ihrem erhöhten Sitzplatz, ging man hinüber zum Gartenhaus, vor dessen Tür Hippokrates saß. Den ermahnte er, freundlich »zu unserem Besuch« zu sein, worauf dieser mit einem schnellen, jetzt unbedingt nötigen Abschlecken seiner linken Pfote reagierte, Übersprungshandlung, wie man sie bei ihm manchmal beobachten konnte, wenn er verlegen war. Der Wohnraum, wo sich seine elektrische Schreibmaschine neben Papierpaket und Manuskriptbündel noch auf dem Tisch befand, entlockte ihr ein »Oh-sehr-hübsch«. Das kleine Bad mit Dusche, Klo und Waschbecken kommentierte sie mit: »Würde man in so einem Häuschen gar nicht vermuten.« Und vorgebeugt und mit schnellem Blick in den Spiegel, versicherte sie sich, dass Königs Gänseblümchen noch über ihrem Ohr im Haar steckten. Das angrenzende kleine Schlafzimmer, wo König nach seinem Einzug in einer Kommode geblümtes Bettzeug gefunden hatte, das nun unordentlich auf dem Leintuch lag, fand sie »schnuckelig«.

Als er an der Küchenzeile Kaffeewasser aufsetzte, hatte sich Lisamaria schon zu den beiden auf dem Sofa gebeugt, streichelte sie und rief: »Die Kleine ist ja wirklich süß.« Wie sie denn heiße.

»Anita«, sagte König und nahm Teller und Tassen aus dem Hängeschrank.

»Anita ...?«

»Ja, nach Anita Ekberg, dieser Schauspielerin in dem alten Fellini-Film ›La Dolce Vita‹. Da hebt Anita Ekberg nachts mitten im Rom so ein kleines Kätzchen vom Boden auf und setzt es sich auf den Kopf.« Ob sie den Film kenne.

»Nein«, sagte Lisamaria und hatte Anita jetzt vorsichtig hochgehoben und auf ihren verschränkten und flach gemachten Händen zu König hinübergetragen, der soeben ein Stück Sahnetorte aus der Tüte mit der Aufschrift »Konditorei Reiber« nahm und auf einen Teller legte, wobei ihm die verbrühte Stelle an seiner Hand noch immer wehtat. Als er mit dem Finger ein wenig von der Sahnetorte wegnahm und Anita den Finger hinhielt, die noch immer auf Lisamarias flach gemachten Händen lag, schleckte sie das sofort mit ihrer kleinen roten Zunge weg.

»Zauberhaft«, sagte Lisamaria und blickte auf das Häufchen Fell auf ihren Händen hinunter, das sich jetzt das Mäulchen putzte. »Ach, Doktor Katzenkönig«, sagte sie und schaute kurz zu ihm her.

»Ach, Lima, du Katzenstreu- und Kuchentransporteurin«, erwiderte König, ging zum Tisch hinüber, stellte die Schreibmaschine vor dem Fenster auf den Boden, legte Papier und Manuskriptblätter dazu und begann, umschwänzelt von Frau Semmelweis, die mit lauter Stimme gleichfalls Sympathie und Sahnetorte einforderte, den Tisch zu decken.

Als man kurz darauf dem Kaffee, sie dem mitgebrachten Marmorkuchen und er der Sahnetorte zusprach – die Kleine hatte Lisamaria jetzt auf ihrem Schoß, wo es Anita sichtlich gefiel, sie schnurrte wieder – fragte Lisamaria, was er denn da schreibe.

»Unerfreuliches …, Unerfreuliches über Tierversuche«, antwortete König und rührte in seiner Tasse.

»Über Tierversuche …? Lass hören.«

»Lieber nicht«, sagte er, er wolle ihren hübschen Nachmittagskaffee nicht mit solch einem unerquicklichen Thema verdüstern. Als Lisamaria jedoch nicht lockerließ, nannte er ihr einige Fakten, etwa, dass jedes Jahr weltweit einhundertfünfzehn Millionen Tiere in den Labors der chemischen und pharmazeutischen Industrie, der Hochschulen und anderer Forschungseinrichtungen stürben. Dass dabei Tiere zu Messinstrumenten degradiert und nach Gebrauch weggeworfen würden. Dass die Pharmaindustrie vorgebe, Tierversuche zum Wohle des Menschen durchzuführen, um neue Medikamente zu erforschen, tatsächlich gehe es fast ausschließlich um eine gewinnorientierte Firmenpolitik. Dass die Weltgesundheitsorganisation nur dreihundertfünfzig Wirkstoffe für notwendig halte, um menschliche Erkrankungen zu behandeln.

Als König merkte, wie er sich da doch in eine leichte Rage hineingeredet hatte, brach er ab und sagt: »Lassen wir das. Schau, die Sonne scheint, hör, die Kleine auf deinem Schoß schnurrt, der Kaffee ist gut, die Torte auch. Was wollen wir mehr?«

Er schaute zu ihr hinüber. Sie führte gerade ihre Tasse zum Mund, blickte über den Rand zu ihm, die Augen schmal, die Stirn kraus, die Gänseblümchen in ihrem Haar leuchteten weiß. Und als sie die Vermutung äußerte, seine Beschäftigung mit diesen schrecklichen Dingen hänge auch irgendwie damit zusammen, dass er nicht mehr bei seiner Firma sei, sich von seiner Frau getrennt habe oder sie sich von ihm, bat König, es gut sein zu lassen. »Vielleicht ein andermal, Lisamaria.« Was es aus ihrem Salon zu berichten gebe, fragte er dann und ob sie nicht wisse, wo eine kleine preiswerte Wohnung frei sei. Er müsse nämlich in absehbarer Zeit hier raus, weil das Gelände verkauft werde und der neue Besitzer ein feudales Ausflugslokal bauen wolle.

»Ich verstehe«, sagte Lisamaria wieder, »ich verstehe.« Und das klang jetzt merkwürdiger, als er dies zuvor schon von ihr vernommen hatte. Sie werde sich bei den Kolleginnen und auch bei den Kundinnen umhören. Die Kleine war unruhig geworden. Lisamaria setzte sie sanft auf den Boden, wo sie zur offenen Tür lief, dem dort sitzenden Hippokrates einen kleinen Stups mit ihrer Schnauze gegen die seine gab und verschwand.

Am Tag nach Breuningers Auftritt hatte Hartle Specht angerufen und sich von König die Angelegenheit schildern lassen. Schließlich hatte Specht gesagt, es stimme schon, der Breuninger habe ihm ein unverschämt gutes finanzielles Angebot für das Gelände gemacht. Aber er, Specht, werde den Vertrag erst unterschreiben, wenn König eine eigene Bleibe gefunden oder zumindest in Aussicht habe. »Ich werde doch meinen alten Schulfreund nicht im Regen stehen lassen«, hatte er gesagt. »Aber, Karlheinz, es wäre mir schon recht, du würdest dich jetzt intensiv nach einer eigenen Wohnung umsehen.«

Der Gedanke lag nahe, er hing gleichsam wie eine Schrifttafel zwischen ihnen in der Luft. Aber er wusste, wenn er diesen Gedanken jetzt ausspräche, zerstörte er etwas, nähme er etwas vorweg, das ihrer beider Gefühlslage noch nicht entspräche. Wenn er jetzt, und sei es auch nur ganz leichthin, sagte, vielleicht das auch nur flüsterte, er könne dann ja bei …, und selbst, wenn er das Wort »einziehen« vermiede, den Satz abbräche, risse etwas, zerstörte er etwas.

Es war gleichsam eine alte Abmachung zwischen ihnen, etwas wie ein vor langer Zeit lächelnd und in gemeinsamem Einvernehmen geschlossener Vertrag, dessen Inhalt sie beide kannten.

Die Fenster standen weit offen. Wieder der spitze, metallische Schlag der Kirchturmuhr im nahen Stadtteil. Irgendwo in der Nähe hatte eine Amsel begonnen, ihre schwarze Flöte zu spielen. Von den Kleingärten her flatterten ein paar Kinderstimmen herauf. Die Luft, die durch die offenen Fenster hereinwehte, war warm und sanft wie Kamillentee, in den man zu viel Zucker getan hatte.

Er sprach über Katzen, er sprach darüber, dass die Katze im heutigen Japan große Wertschätzung genieße, und dass es in Tokio einen Tempel gebe, der zu Ehren einer Katze erbaut worden sei und dass er diesen Tempel gerne einmal besichtigen würde.

»Musst halt fleißig Katzen zurückbringen und den Finderlohn einheimsen oder dir eine neue Anstellung suchen«, sagte Lisamaria, lächelte und aß das letzte Stück von ihrem Marmorkuchen.

Er fand, sie sah zauberhaft aus mit den weißen Tupfen der Gänseblümchen in ihrem dunklen Haar. Und er wusste, auch sie wusste, worauf sie beide da zutrieben. Und dies zu wissen, empfand er als große Wohltat. Es würde schon kommen, und weder er noch sie musste da etwas forcieren, beschleunigen. Aber küssen könnte er sie doch schon mal, dachte er. Er langte über den Tisch, ergriff ihre Hand, mit der sie die Kuchengabel hielt, um damit die letzten Krümel von ihrem Teller aufzunehmen, zog diese Hand samt Gabel her zu sich, küsste ihren Handrücken. Sie schaut ihn an, machte wieder Katzenaugen, die ihm wissender vorkamen denn je. Da stand er auf, trat um den Tisch herum, sie tupfte mit der Fingerkuppe die letzten Krümel vom Teller, schaute dann herauf zu ihm, der mit gesenktem Kopf vor ihr stand. Sie nahm eine der Pralinen, die seitlich auf ihrem Teller lagen, und hob sie zu seinen Lippen hinauf. Er erfasste die Praline mit den Zähnen, zerbiss sie, sagte: »Hmmm, sehr fein.« Er fasste sie an der Hand, sagte: »Komm, komm«, wollte sie gerade hochziehen, da ging sein Handy, das seitlich auf der Küchenanrichte lag.

Specht. Der sich für die Störung am Sonntagnachmittag entschuldigte und ihn um einen Gefallen bat. Als König den Blick hob, sah er, Lisamaria hatte begonnen, die Kuchenteller zusammenzuräumen. Während König dastand, ins Handy lauschte, blies sie ihm von hinten in den Nacken, worauf er hinter sich griff, einen ihrer Oberschenkel zu fassen bekam und den zu drücken begann. Was sie zuließ, indem sie ruhig stehen blieb und ihm weiter mit ihrem Atem einen kühlen Nacken machte.

Specht bat, in den kleinen Geräteschuppen neben dem Gartenhaus hinüberzugehen, der Schlüssel hänge an einem Nagel am linken Küchenschrank, und nachzusehen, ob sich im Schuppen seine alte Bosch-Bohrmaschine befinde. Er habe sie vor einiger Zeit dem Sohn von Frau Kesselschmitt geliehen, als der im Katzenpalast einen Kratzbaum für die Viecher – der sagte doch tatsächlich »Viecher« – hatte basteln und festschrauben wollen. Er brauche die Bohrmaschine hier im Haus, wolle eine neue Staffelei für seine Frau machen. »Moment«, sagte König. Er legte das Handy auf die Küchenanrichte zurück, drehte sich um, hatte seine Hand noch immer an Lisamarias Oberschenkel, grinste plötzlich breit wie ein kleiner Junge.

Im Geräteschuppen war keine Bohrmaschine zu finden. Als König ins Gartenhaus zurückkam, sah er, Lisamaria hatte das gesamte Kaffeegeschirr in die Spüle gestellt und lag nun wie hingegossen auf dem Sofa. Und bei ihr, genauer auf ihr, lag bäuchlings und lang ausgestreckt Hippokrates, der es sich auf ihrer Bluse und in der Mulde zwischen ihren Brüsten bequem gemacht hatte. Und von dort her hörbar schnurrte.

König nahm das Handy, Specht war noch immer in der Leitung, und sagte, er habe nichts gefunden, worauf Specht meinte, da müsse er wohl mal bei seinem ältesten Sohn streng nachfragen, ob der ihm nicht seine alte Bosch in dessen neues Zimmer unter dem Dach entführt habe. Specht bedankte sich, verwies noch einmal auf Königs dringlich zu betreibende Zimmersuche, wünschte einen schönen Sonntagabend und legte auf.

»Na, ihr zwei«, sagte König, als er vor dem Sofa stand und auf Katze und Frau hinunterblickte. Diese lächelte über den lang gestreckten Hippokrates hinweg, der noch immer sein Wohlfühlmotörchen betrieb.

»Sportsfreund, schleich dich«, sagte König, trat seitlich an das Sofa heran, neigte sich zu der Busen- und Blusenkatze hinunter und blies ihr ins Gesicht. »Schwerenöter«, sagte er, »diesen Platz machst du jetzt frei.« Abermals blies er Hippokrates an, und zwar so heftig, dass dieser von seiner weichen Unterlage heruntersprang, einen lauten, halb knurrenden Unmutslaut ausstieß und sich zur Tür hinaustrollte. »Doktor, sei nicht so streng mit deinen Hausgenossen«, sagte Lisamaria, während sich König zu ihr setzte. »So ein Katzenfell auf der Brust ist angenehm«, sagte sie. »Da, er hat Haare verloren«, sagte König, »entschuldige mal.« Und nachdem er in ihrem Blusenausschnitt zwei Katzenhaare entfernt hatte, kam seine Hand zurück und schlüpfte unter den leichten Stoff. »Na, du Katzendompteur«, sagte Lisamaria und küsste ihn auf die Wange.

Liegt eine ausgewachsene Katze auf der Seite und vor einem, sodass man ihre Flanke berühren kann und auch ihr helles Fell am Bauch, spürt man dort Wärme und die Glätte des Fells und darunter straffe, feste Muskeln. So. So jetzt seine Hand an ihr. Unter ihrer Bluse. Und Lisamaria schien jetzt schnurren zu wollen, hatte den Kopf zurückgelegt, die Augen geschlossen und ein merkwürdiger Klang drang aus ihrer Kehle, etwas wie das Summen eines kleinen Liedchens. Da umfasste er behutsam, was da zu umfassen war, hob es ein wenig aus seiner Mulde und wiegte es im Rhythmus ihres Liedchens hin und her.

Plötzlich schrie draußen gequält ein Kind auf. Hätte man meinen können. König zuckte zusammen, straffte sich, holte seine Hand aus der Wärme. Abermals ertönte ein lautes Klagegeschrei draußen. Als werde ein Kind drangsaliert. »Entschuldige bitte«, sagte König, »da ist wer in Not.« Er löste sich von Lisamaria, stand auf und verließ mit raschen Schritten den Raum.

Ein Fremder.

Giftgelb.

Giftgelb fast und mit hässlichen dunklen Streifen, die zwischen seinen Ohren zu seiner Nase hinunterliefen. Und kauerte in Aggressionshaltung, den Kopf tief, die Vorderpfoten aufgestützt, fauchend vor Hippokrates. Der auch in kauernder Angriffsstellung vor dem Fremden. Beide nahe dem Palast. Wieder ein beiderseitiges Fauchen, wieder der gequälte Verteidigungsschrei von Hippokrates, den der andere ebenso laut erwiderte. Erst als König auf die beiden Kämpfer zusprang, »hau ab, du Teufel«, schrie, mit den Armen fuchtelte, und laut zischte, rannte der Gelbe am Katzenpalast vorbei Richtung Zaun und dortiger Katzenklappe. Da ihm König aber mit lauten Rufen nachsetzte, entfloh er nicht durch die Katzenklappe, sondern sprang mit einem riesigen Satz, der seine ganze Kühnheit und Kraft zeigte, auf den Zaun hinauf, krallte sich in den Maschen fest, kletterte blitzschnell nach oben, sprang auf der anderen Seite hinunter und rannte mit großen galoppierenden Sätzen davon.

König sprach beruhigend und lobend auf Hippokrates ein, klopfte ihm die Flanke, ein Mutiger sei er, ein Tapferer. Hippokrates reckte den Schwanz hoch und rieb sich an Königs Beinen. Im Inneren des Palastes fand König Frau Semmelweis und die kleine Anita verschüchtert und zusammengeduckt in einer dunklen Ecke vor. Er besänftigte sie, indem er die Fressnäpfe füllte, Wasser in die Trinkschalen goss, die

Katzenklos säuberte, mit frischer Streu aus dem von Lisamaria mitgebrachten Sack versah und dabei ruhig mit ihnen sprach.

Lisamaria wusch das Kaffeegeschirr ab. Sie hatte sich ein Küchentuch mit zwei Wäscheklammern, die sie wohl in einer der Schubladen gefunden hatte, vorne an ihrer Bluse und über ihrem Busen befestigt und stellte gerade die Tassen umgedreht auf den Ablauf.

König trat zu ihr, nahm ein weiteres Küchentuch vom Haken, und während er das Geschirr abzutrocknen begann, berichtete er, was sich draußen ereignet hatte. »Das klang ja fürchterlich«, sagte Lisamaria und König meinte, das habe er mehrfach erlebt, kämpfende Katzen könnten wie kleine Kinder schreien. Er sah, noch immer hatte sie die Gänseblümchen im Haar, die aber mittlerweile schon ein wenig welk geworden waren.

Nachdem sie miteinander geschlafen hatten, anfangs gestört von Gerumpel an der Schlafzimmertür, sodass König schließlich aufstand, die Tür öffnete, worauf Hippokrates, der immer wieder gegen die Tür gesprungen war, hereinflitzte und sich unter dem Bett verkroch, lag er dann neben ihr und betrachtete sie: geschlossene Augen, schwerer Atem.

Das Fenster stand offen. Die Amseln spielten draußen noch immer auf ihren schwarzen Querflöten. Und dann erklang von unten, von den Kleingärten her, ein Akkordeon, das eine einfache, fremdländisch anmutende Melodie spielte, die einem sofort das Herz streichelte.

»Schön bei dir, Doktor«, sagte Lisamaria, ohne die Augen zu öffnen.

»Schön, dass du da bist, Lima, Lima, du meine Friseuse …«, sagte er, beugte sich zu ihr und küsste sie auf die Augen.

Die Akkordeonmelodie tat jetzt so, als laufe sie in eine weite sonnendurchflutete Landschaft hinein, wo sie gleich zu tanzen beginnen würde. Als König dicht beim Bett ein dünnes verschüchtertes Stimmchen hörte, griff er hinter sich, bekam die Kleine zu fassen, die durch die offene Schlafzimmertür hereingekommen war, hob sie hoch und setzte sie Lisamaria auf den nackten Bauch. »Huuuch …!«, machte sie, riss die Augen auf, blieb aber liegen, wie sie lag. »Tu sie weg«, sagte Lisamaria, »das kitzelt.«

»Im Film ›La Dolce Vita‹ ein Kätzchen auf dem Kopf von Anita Ekberg«, sagte König heiter. »Im Dolce Rieselfeld ein Kätzchen auf meinem Bauch«, ergänzte Lisamaria ebenso heiter und lächelte. Man hörte, die Akkordeonmelodie schien sich jetzt vom Boden ihrer Landschaft gelöst zu haben und schwebte in einen blauen Himmel hinauf.

König nahm die Kleine, stand auf und trug sie vors Schlafzimmer, setzte sie auf den Boden und flüsterte: »Aber nicht, dass du den anderen erzählst, was du gesehen hast.« Die Kleine lief in den Wohnraum hinüber. Er trat ins Schlafzimmer zurück und schloss die Tür hinter sich.

Als er dann vor dem Bett stand und auf Lisamaria hinunterblickte, flüsterte er, ob er sie etwas fragen dürfe. Die Akkordeonmusik segelte in großen Bögen, ein bunter musikalischer Gleitschirm jetzt, durch flirrende, heiße Luft.

»Aber ja.«

»Auch etwas Intimes …?«

»Bitte, auch Intimes.« Sei man denn soeben nicht ziemlich intim gewesen. Zumindest sei ihr das so vorgekommen. Sie schmunzelte.

Ihr Haar da unten beim Gräbele habe eine ganz andere Farbe als die Haare auf ihrem Kopf.

Da lachte sie hell auf, nannte ihn einen Dussel. Sie sei Friseurin und da habe sie eben bei ihrem Kopf mit Farbe nachgeholfen. »Man kann alle Haare färben. Kopfhaare, Schamhaare. Es soll ja Frauen geben, die machen Letzteres. Sofern sie nicht da unten einen völligen Kahlschlag veranstalten.«

»Alle Haare, sagst du …?«, fragte König, der noch immer vor dem Bett stand und seine Augen von ihrem dunklen Kopfhaar, aus dem die Gänseblümchen verschwunden waren, zu ihrem helleren, fast strohfarbenen Schoß wandern ließ.

»Aber ja.«

»Auch Katzenhaare?«

»Warum nicht?«

Er habe nämlich schon manches Mal gedacht, wenn er eine habe übergeben wollen, und die habe nicht ganz genau so ausgesehen wie die Entlaufene, man müsste da mit ein bisschen Farbe nachhelfen. »Könnte man so was machen? Ich mein mit Haarfärbefarbe. Mit Haarfärbefarbe eine Katze färben?«

»Komm sofort her und küss mich«, sagte sie lachend, »für dich färbe ich einen Löwen in einen Braunbären um, Herr Doktor Katzenkönig, Karlheinz.«

Da nahm er Anlauf und hechtete zu ihr aufs Bett, warf sich klatschend mit seinem Bauch auf den ihren, federte den Aufprall geschickt mit den Armen ab, sodass etwas Wild-Zärtliches daraus wurde. Sie quietschte vor Vergnügen. Unterm Bett schimpfte einer.

schnurr-murr, schnurr-murr, sind komische tiere, lassen einen nicht zu sich, wenn sie sich verschlingen, hätte mich zerquetschen können, wenn das zusammengebrochen wäre, bin hippokrates, der ewige schnurrer, der ewige kämpfer, dem hätte ich die ohren aufgeschlitzt mit ein paar krallenhieben, kommt gelb daher, will ans futter, ist vielleicht rollig, macht's gar mit frau semmelweis, so wie's die zwei da oben es gemacht haben, weiß alles, weiß nichts, kampf, alles kampf, sogar hier, wo wir es gut haben, werde nach den amseln sehen, pfeifen sie schön, sind sie blind vor stolz, noch verschlungen über mir auf dem bett, bett, bett, bastet, bastet hieß die katzengöttin im alten ägypten, verehrt als gemahlin des sonnengottes re, mutter des löwengottes mahes, göttin der liebe, der zeugungskraft und stärke, ihre aufgabe als mondkatze war, bei nacht die sonne zu bewachen und die schlange der finsternis, die todfeindin der sonne, zu bekämpfen, schnurr, schnurr, sind auch zeugungsstark, ein pärchen von uns, wenn man es lässt, produziert in zehn jahren eine million nachkommen, schnurr-murr.

In den nächsten Tagen, morgens immer wieder in den Stadtteil hinunter. Besorgt sich die Tageszeitung. Studiert Wohnungs- und Zimmerangebote. Telefoniert mit Vermietern. Alles zu teuer. Vielleicht, wenn er aus der Unterhaltssperre raus ist. AlG zwo kriegt. Mietzuschuss.

Er leiht sich ihr Auto, fährt Streife, durchkämmt den nahen Stadtteil, auch fernere Stadtgebiete, vornehmlich die besseren. Beute, drei Anschläge. Auf einem wird ein Schwarzer mit weißen Tupfen an den Vorderpfoten und weißem Fleck am Bauch »arg, arg« vermisst, Finderlohn achthundert.

Kein Zulauf in diesen Tagen. Semmelweis, Röntgen, die kleine Anita, Hippokrates bleiben allein. Da fährt er mit ihrem Mini ins städtische Tierheim hinaus, das am Stadtrand und schon zwischen Feldern und Wiesen über dem Flusstal liegt. Flaches Hauptgebäude, verziert mit schlichter Malerei, die Sonne, Mann, Bäume, allerlei Getier zeigt.

Er täuscht. Dabei keine Spur von schlechtem Gewissen. Stellt sich mit Doktortitel vor, gibt sich als praktizierender Tierarzt aus, sagt, er habe die schwarze Katze einer langjährigen Klientin aus Altersgründen einschläfern müssen, das Töchterchen der Frau, untröstlich. Nun suche er den erwünschten Ersatz. Die Frauen im Tierheim, hilfsbereit, freundlich. Eine, den linken Arm mit allerlei Schlangenzeug tätowiert, führt ihn an vergitterten Boxen vorbei zum Katzenhaus, wo man seit Wochen einen schwarzen Burschen betreut. Derzeit Katzenschwemme, sagt die Schlangenverzierte, die Leute ließen ihre Katzen nicht mehr kastrieren. Der Schwarze ist stattlich, schöne, giftgelbe Augen. Man gebe ihn gern her, einem Tierarzt zumal. Da dürfe man auch darauf verzichten, zu überprüfen, ob das Tier von seinem neuen Besitzer gut gehalten werde. Er verbürgt sich dafür, lässt sich die Kontonummer des Tierheims geben, verspricht eine erhebliche Spende, trägt den Schwarzen im mitgebrachten blauen Transportkorb davon, stellt ihn im Auto auf den Beifahrersitz, fährt zum Salon »haar-fein«, parkt den Mini in der Straße, packt ihn auf sein Fahrrad um, das an einer nahen Hauswand lehnt. Der Neue, er nennt ihn Pasteur nach dem Begründer der Bakteriologie, fügt sich ohne Gezänk, Gefauche oder Raufereien in die Palastgemeinschaft ein, ist Gruppenleben aus dem Tierheim gewöhnt.

Sie müsse kommen, man müsse einen färben, beziehungsweise mit Farbe verbessern, sie solle weiße, jedenfalls helle Haarfärbefarbe, gegebenenfalls auch kräftiges Blond mitbringen, dazu alles, was man sonst noch brauche, für weiße Tupfer auf schwarzem Fell. Er würde sich um ein Beruhigungsmittel für den Aspiranten kümmern. »Sonntag in acht Tagen«, sagt Lima am Telefon, früher gehe es nicht. Kommenden Sonntag Konditorenwettbewerb mit Reiber. »Wir schicken unseren Schwan ins Rennen.« Am Montag darauf, Geburtstag ihres Vaters. Sie verlangt, ihm scheinbar ganz ernst hingesprochen, für Material und Färbearbeit Gegenleistung. Er: Sie dürfe wünschen. »Auch etwas im Bett?« »Ja-ha, auch etwas im Bett!«

Das Tierheim bleibt ergiebig. Man vertraut ihm, dem Veterinärmediziner und praktizierenden Tierarzt. Frau Schnepf, die Tätowierte, die fürs Katzenhaus zuständig ist, zumal. Er kommt mit rührseligen Geschichten. Eine alte Frau aus seiner Nachbarschaft, deren Miezmiez von einem Auto überfahren worden sei, habe ihn gebeten, er möge helfen, er sei doch Tierarzt. Eine einfache, getigerte Hauskatze, wie ihre Miezmiez eine gewesen sei, wäre ihr recht. Eine unauffällige, gängig graubraun Getigerte haben sie im Katzenhaus. Er bekommt sie. Und wenige Tage danach auch eine Weiße, als, wie er sagt, Kamerad für einen Jungen in seiner Bekanntschaft, der sich zu seinen Wellensittichen ein Streicheltier wünschte, so erzählte er Frau Schnepf. Die ihn dann fragt, ob man ihn, der ja nun beinahe ein Freund ihrer Einrichtung geworden sei, zur nächsten Mitgliederversammlung des Tierheimvereins einladen dürfe. König demonstriert überschwängliche Freude, sagt zu.

Für beide Tiere hat er passende Vermisstenanzeigen. Als er sie zu den angegebenen Adressen bringt, gerät er einmal im edlen Wohngebiet an der Straße Im Geiger in eine lärmende Geburtstagsparty, aus deren Gästeschar man die Besitzerin der vermeintlich Entlaufenen heraus und zur Tür winkt, worauf man ihn zum Mitfeiern nötigt; ziemlich beschwipst sucht er später draußen in der Straße lange nach seinem Fahrrad, schnallt mit flatternden Händen und immer wieder aufstoßend seine blaue Transportbox auf den Gepäckträger.

Im anderen Fall handelt es sich um eine ausländische Familie, deren kleiner Sohn im Rollstuhl an die Tür kommt und seinen mutmaßlichen Lukas, die weiße

Tierheimdame, dann überglücklich an sich drückt und leise auf sie einredet, er der Lukas, der Lokomotivführer, habe sich verfahren. »Du hast dich verfahren, Lukas, gell, gell …?« Er schmiegt sein Gesicht ins helle Fell der Katze. »Vorsicht, du erdrückst ihn ja, deinen Lokomotivführer«, sagt König. Sie sei froh, meint die Mutter, dass er wieder seinen geliebten Freund habe. »Sie sehen ja …«, sagt sie und deutete mit dem Kopf zum Rollstuhl, »Leukämie«.

Die Frau bittet um etwas Geduld, kommt mit einem Kuvert wieder. König nimmt es, schaut hinein, sieht zwei Hunderter, gibt der Frau das Kuvert zurück. »Nein, bitte, das ist nicht nötig«, sagt er. »Und Katzenfutter kostet ja auch Geld.«

»Zwei Fledermäusen der Art Kleine Lanzennase wird unter Narkose ein Metallstift auf den Schädel montiert. Ein Loch wird in den Schädel gebohrt, durch das Elektroden in das Hirngewebe eingelassen werden können. Unter erneuter Narkose wird der Kopf mithilfe des Stiftes unbeweglich an einem Gestell angeschraubt …«, so hat er soeben geschrieben. Und er schreibt weiter: »Über Kopfhörer werden Töne eingespielt. Gleichzeitig werden über die Elektroden Nervenströme in der Hörrinde der Fledermäuse gemessen …«

Draußen geht ein milder, fast schmeichlerischer

Landregen nieder. Schon seit Stunden. Seit er schreibt. Seit er am Tisch sitzt, ein Glas neben sich, Schnaiter Sonnenberg, samtrot, und auf seiner alten Olympia compact S jetzt weitertippt. »Diese Experimente dauern vier Stunden täglich und finden an vier Tagen pro Woche bis zu sechs Wochen lang statt …«

Um ihn herum dampft kätzische Gemütlichkeit. Überall liegen, sitzen sie. Wer schnurrt da? Schwer auszumachen. Der Regen schüttet mit sanfter Hand seine feuchten Erbsen aufs Dach. Schnurrt nicht auch der Regen?

Er spannt ein neues Blatt ein, setzt oben die Seitenzahl hin, schreibt: »Das weitere Schicksal der Tiere wird nicht erwähnt. Es sollte untersucht werden, wie Fledermäuse ihre Ultraschallortung im Gehirn verarbeiten.« Und dann vermerkt er: »Ich stütze mich bei diesen Darstellungen auf Angaben der Organisation ›Ärzte gegen Tierversuche‹.«

Er nippt am Rotwein. Pasteur gähnt mächtig, kommt auf die Beine, macht einen Katzbuckel und streckt sich wieder bäuchlings hin, die Vorderpfoten untergeschlagen und nach innen gedreht.

Er beginnt einen neuen Absatz: »Seit Jahren werden an besagter Universität Fledermäuse und andere Tiere für die zweckfreie experimentelle Grundlagenforschung missbraucht. Solche Experimente dienen allenfalls der Karriere einzelner Personen …«

In diesem Moment dringt vom Fluss her ein sich näherndes dunkles Pochen, als liege tief unter dem Wasser, tief im Erdinneren, ein riesiger schnurrender Kater. Doch über solchem Geräusch hängt eine verjazzte Blasmusik, und man hört auch, wie gesungen wird. Es ist das alte alberne Lied »Ja, mir san mitm Radl da …«. Und der Regen draußen klingt, als rühre jemand mit einem Schlagzeugbesen auf einer mächtigen Trommel herum.

Das Ausflugsschiff zieht flussaufwärts. Und während er weitertippt, zieht Bratwurstduft durchs offene Fenster herein, weil sich trotz des Regens unten in dem Kleingartengebiet ein paar junge Leute in einer Hütte zusammengefunden haben, und dann hört man, die Regenluft trägt gut, wie einer ruft, »Zlatko spiel, Zlatko spiel …«, und dann wieder das melancholische Akkordeon.

König, der einen Moment lang den Kopf gehoben, den Bratwurstduft eingesogen, dann abermals einen Schluck Wein genommen hat, wird plötzlich von einer hellen Lebenszuversicht erfasst, etwas, das er, wie so oft, sein lindgrünes Gefühl nennt. Und dann wirft er sich neuerlich in seinen Text: »Die Qualität der Forschung wird nämlich nicht daran gemessen, wie vielen Menschen geholfen werden konnte, sondern an der Anzahl der Publikationen in renommierten Fachzeitschriften«, so schreibt er. Und fährt fort: »Davon ist die Höhe der Forschungsgelder abhängig. Diese werden für neue Studien verwendet. Etwas Sinnvolles für kranke Menschen kommt dabei nicht heraus.« Und dann setzt er die Schlussfolgerung hin, entsprechend der Darstellung der »Ärzte gegen Tierversuche«, eine Schlussfolgerung, die sich völlig deckt mit seinen Erfahrungen und Erkenntnissen in der Branche und bei Neckar-Pharma: »Tierversuche werden nicht zum Wohle der Menschen durchgeführt, sondern weil einflussreiche Interessengruppen davon profitieren: Experimentatoren, Universitäten, Pharma- und chemische Industrie.«

Und als er dann sein Glas Wein mit einem Zug leert, kurz zum Fenster hinausblickt, hinter dem der Regen noch immer seine nassen Schnüre vom Himmel zur Erde zieht, ermahnt er sich, sei nicht einseitig, führe auch die anderen Argumente an. Was man bei Neckar-Pharma zum Thema Tierversuche stets verlautbart hat, weiß er auswendig. Und also schreibt er, dass man bei allem Verständnis für die Problematik dieses Themas in weiten Bereichen der Pharma-Branche Tierversuche nach wie vor für unerlässlich halte. Neue Wirkstoffe seien das Ergebnis jahrelanger Forschungs- und Entwicklungsarbeit, bei der gezeigt werden müsse, dass die Medikamente nicht nur wirkten, sondern auch sicher und ungefährlich seien, zitiert er aus dem Gedächtnis aus dem Internetauftritt seiner ehemaligen Firma. Und ergänzt: Dazu seien Experimente an lebenden Tieren immer noch wissenschaftlich unerlässlich und auch gesetzlich gefordert. »Der Tierversuch ist die Basis für die sichere Anwendung eines Medikaments am Menschen«, so beschließt er diesen Abschnitt seines Aufsatzes.

Der Bratwurstgeruch ist stärker geworden, wie man wahrnehmen kann. Von den Kleingärten her erklingt jetzt das alte Pfadfinderlied »Jenseits des Tales standen ihre Zelte …«. Und das Akkordeon steuert Melodiebögen bei.

Merkwürdiges Gefühl, als er an der Pforte stand.

»Ach, Herr Doktor König, schön, dass Sie uns wieder einmal besuchen«, sagte Luisa Pagano hinter ihrer Glasscheibe und lächelte ihn an. Einmal, beim Fest der Firma aus Anlass ihres fünzigjährigen Bestehens, hatte sich König zu einem heftigen Flirt mit der jungen Luisa Pagano hinreißen lassen. Es war jedoch nichts daraus geworden, weil sie im entscheidenden Moment, als man zu später Stunde schon bei einem Stehblues war, sagte, sie müsse jetzt heim, nach ihrem kranken Streifenhörnchen sehen, sie habe nämlich ein Streifenhörnchen und das sei krank, sie hoffe sehr, dass es nicht verende. Worauf König eine veterinärmedizinische Suada über, wie er sagte, die artenreiche Nagetierfamilie der Hörnchen, lateinisch Sciuridae, zum Beispiel, Baum-Hörnchen, Erd-Hörnchen und Flug-Hörnchen von sich gab, aber das rettete auch nichts mehr.

Als die Pagano ihm jetzt den Besucherausweis durch die Öffnung in der Glasscheibe reichte, berührte ihre Hand einen Moment die seine. Rasch ging er davon, um nicht in ein Gespräch verwickelt zu werden und steckte sich im Gehen den Besucherausweis an die Jacke.

Er ging schnell, wollte niemandem begegnen, wollte im Japanischen Garten nur Breitling, den Tierpfleger aus seiner alten Abteilung treffen, der ihm, wie sie telefonisch vereinbart hatten, eine Packung Medetomidin und eine Spritze geben sollte, und danach wollte er das Firmengelände so rasch wie möglich wieder verlassen.

Während er die Werksstraße entlang- und an den Gebäuden vorbeiging, hielt er den Blick gesenkt. Aber er spürte die Atmosphäre seiner alten Firma wie einen Hauch, wie eine Art warmen, wohlvertrauten Geruch. Dann wieder kam ihm das gesamte Werksgelände, wo man jetzt auch halblautes Hundegebell hören konnte, fremd und unwirtlich vor. Plötzlich eine Stimme neben ihm: »König, Sie hier? Das ist ja eine Überraschung!«

Es war halb eins. Die Leute gingen zur Kantine. König dachte, er wäre besser zu einer anderen Tageszeit gekommen.

»Wie geht es Ihnen, König?«

Dr. Meisenhardt, sein ehemaliger Sektionsleiter, verstellte ihm den Weg.

»Doch, ja, es geht so«, sagte König und gab Meisenhardt die Hand. »Ich will mir nur bei Breitling etwas holen und dann bin ich auch schon wieder weg.«

»Wissen Sie, König, Sie sollten wieder zu uns kommen.«

»Ich stehe auf der Schwarzen Liste, Herr Meisenhardt.«

»Ach was, Schwarze Liste.«

»Die hat doch früher immer gegolten für Abtrünnige, für die, die von sich aus gekündigt haben. Da galt doch: They never come back.«

»Uns stehen jetzt ein paar sehr schwierige Versuche mit einem neuen Produkt bevor. Katzen, wir testen an Katzen, und mit Katzen konnten Sie ja immer bestens umgehen. Ich stell Sie sofort wieder ein.«

»Das ist sehr liebenswürdig. Ich werd's mir überlegen.«

»Ja, tun Sie das, König. Und geben Sie mir Bescheid, wenn Sie sich entschieden haben. Wie ich zu erreichen bin, wissen Sie ja noch.«

Er müsse zur Geschäftsleitung, sagte Meisenhardt, berührte ihn fast freundschaftlich an der Schulter und ging davon.

Als König ein wenig später im Japanischen Garten

neben der Holzbrücke stand, kam ihm Breitling auch schon entgegen und gab ihm die Packung Medetomidin und eine eingeschweißte Spritze. König bedankte sich, wie er merkte, eine Spur zu herzlich. Doch Breitling wiegelte ab, er werde doch seinem alten Chef einen Gefallen tun dürfen. König fragte nach Grossmann. Der mache bis jetzt seine Arbeit korrekt, antwortete Breitling, habe bisher alle Tierversuche genehmigt, nur da und dort kleine Änderungen der Abläufe erbeten. Doktor Schubert, der offensichtlich einiges über Grossmanns Tätigkeit beim Tierschinder Bernauer aus der Fachpresse kenne, habe aber nur gesagt, dem Grossmann traue er nicht, der habe Kreide gefressen.

Er wusste, dass er seinen Aufsatz – Überschrift: »Tierversuche – Quälerei oder Notwendigkeit?« –, den er noch mal sauber und fehlerfrei abgetippt hatte, der Redaktion für die Wochenendausgabe der Zeitung eigentlich in elektronischer Form als Mail-Anhang hätte übermitteln sollen. Aber er hatte noch immer keinen PC und keinen Laptop, und da es im Gartenhaus keine feste Telefonleitung gab, war ein Internetanschluss ohnehin nicht möglich. So hatte er am Kopf der ersten Seite seinen Namen und seine Handynummer vermerkt, hatte die Seiten sauber zusammengeheftet und per Post an die Redaktion geschickt. Als er drei Tage später dort anrief, um sich zu vergewissern, dass man seine Sendung erhalten habe, sagte man ihm, Papiermanuskripte bekomme man eigentlich nur noch selten. Und im Übrigen sei die zuständige Redakteurin im Urlaub. Sobald sie zurück sei, werde man sich auf seiner Handynummer melden und ihm sagen, ob sein Beitrag angenommen werden könne oder nicht.

Über dem Rieselfeld sichelte ein Bussard mit seinen Schreien die Lufthänge ab. König hatte das alte Damenfahrrad auf dem Platz vor dem Gartenhaus umgedreht und auf Sattel und Lenker gestellt, hatte eines der Geschirrtücher zu mehreren Lappen zerschnitten und hat begonnen, das Fahrrad zu putzen. Mit dem Werkzeug, das er im Geräteschuppen in einer alten Zigarrenschachtel gefunden hatte, darunter auch ein sogenannter Hundeknochen, Schlüssel für diverse Fahrradmuttern, wollte er das Rad auf lockere Teile und gelöste Schrauben untersuchen.

Kein Wind. Am Himmel, wo der Bussard in engen Kreisen seine Tonsichel schwang, Wolkengetupfe. Doch in großer Entfernung hing überm Flusstal eine Wolkenwand, die wohl ein Gewitter ausspucken würde. Hippokrates, auf der Schwelle der Eingangstür des Gartenhauses, beobachtete, was er tat. Die kleine blauäugige Anita war herbeigelaufen, war ihm um die Beine geschwänzelt. Da hatte er sie hochgehoben, hatte ihr mit seiner Nase einen Stups auf ihre Nase gegeben und hatte sie neben Hippokrates gesetzt, worauf dieser unwillig gemaunzt, die Kleine jedoch neben sich geduldet hatte. Semmelweis, Röntgen, der schwarze Pasteur ließen sich nicht blicken.

Man hörte, der Bussard arbeitete mit spitzem Schrei fleißig im Luftgelände. König säuberte gerade mit einem um den Zeigefinger gewickelten Lappen die Felge des Hinterrades, als in seiner Hosentasche sein Handy hörbar und rüttelnd spürbar wurde.

Specht. Wie es mit seiner Wohnungssuche aussehe. Der Breuninger habe ihm tatsächlich ein unverschämt gutes Angebot unterbreitet. »Wenn ich den Vertrag nicht bald unterschreibe, springt der mir ab. Hat schon Andeutungen in diese Richtung gemacht. Also, wie sieht's aus, Karlheinz?«

König sagte, es gebe da das Angebot einer kleinen Dachgeschosswohnung im Westteil der Stadt. Er nannte Specht die Straße. »Ach schön«, sagte der, »das wäre ja gleich bei uns um die Ecke.« Na ja, sagte König, es gebe da ein Problem. Der Vermieter, genauer gesagt, die Vermieterin, verlange eine außergewöhnlich hohe Kaution. Und die gebe seine Finanzlage im Augenblick nicht her. Specht bot ihm an, ihm gegebenenfalls unter die Arme zu greifen. Nein, nein, meinte König, das wolle er nicht. Er habe schon eine andere Idee, wie er sich finanziell behelfen könne. »Hartle, gib mir noch ein bisschen Zeit. Sobald das mit der Wohnung klar ist, melde ich mich, ja?«

Nachdem Specht aufgelegt hatte, dachte König, er würde Lisamaria bitten, ihm Geld zu leihen. Fünfhundert standen noch auf seinem Sparbuch, siebenhundertvierzig hatte er aus den Beträgen des jeweiligen Finderlohns beiseitelegen können. Und für Pasteur war ein Finderlohn von achthundert ausgesetzt, wenn er den mit ein paar hellen Tupfern und mit Lisamarias Hilfe stimmig machte. Und den Rest würde er eben von Lima als Kredit erbitten. Und wenn seine Unterstützungssperre ausliefe, stellte sich alles günstiger dar.

Doch wie hatte die Vermieterin gefragt? Ob er da alleine einziehen wolle. »Ja, im Wesentlichen ja.« Was das heiße. Nun, er bekomme ab und zu Besuch, der auch mal länger bleibe. Darauf die Frau, offenbar Angehörige des gelegentlich arroganten schwäbischen Besitzadels: Wer die Treppe putze. »Machat Sie des, Herr Dokta?«

»Ja.«

»Ha noi, des machat Sie doch gwieß net, Herr Dokta. Sie send doch a Dokta.«

»Doch, doch …«

»Wissat Se, ich kann ihna die Wohnung bloß gäba, wenn d' Trepp gmacht wird.«

Die ferne Wolkenwand zuckte jetzt grell, schickte einen Donner durchs Flusstal heran. Hippokrates erhob sich, katzbuckelte lange, gähnte ausgiebig und verschwand Richtung Palast. Der ahnte wohl den gewiss bald einsetzenden Regen. Anita blickte ihm nach wie ein kleines Mädchen, dessen Papa sich soeben entfernt hat, ohne zu sagen, wohin.

schnurr-murr, schnurr-murr, weiß alles, weiß nichts, weiß, der ist freundlich zu uns, mit mir, mit den anderen, der kleinen, doch wir werfen sie eines tages alle aus der welt, ja, ja, doch, wir errichten eine herrschaft, eine herrschaft der tiere, papageien, katzen, ratten, hunde, wir befreien alle tiere aus den labors und in den heimen, die papageien sind klug, bin ein freund der papageien, der bunten schreihälse hier im flusstal, die ihre schlafbäume an der daimlerstraße haben, kann zu ihnen gehen, kann auf ihre bäume klettern, auf die äste hinausklettern, wo sie sitzen, kann ihnen sagen, wir, wir, die katzen, die vögel, sie als die klügsten vögel, wir machen eine revolution der tiere, die sich richtet gegen die zweipföter, die uns schikanieren, die uns quälen, wir infizieren sie mit fremden keimen, mit krankheiten, die sie nicht kennen, irgendwo auf der welt wird es noch die pest geben, die ratten werden sie herbringen, die pest, und dann werden sie alle sterben, unsere peiniger, und wir werden platz haben und gute luft und gutes wasser und der urwald wird zurückkommen, durch den meine freunde, die papageien fliegen werden und wo sie mit ihren lauten stimmen zu den anderen tieren sprechen werden, auch zu den giftschlangen, auch zu den skorpionen, und ihnen befehlen werden, wie wir sie vernichten können, zum aussterben bringen können, und es wird ihnen nicht helfen, dass sie sich selbst auf die liste der aussterbenden lebewesen setzen werden, schnurr, schnurr, und wir werden einige von ihnen in käfigen halten, schnurrmurr, murr-murr, und sie unseren jungen zeigen, seht sie euch an, die säuger, die, die alles zur wüste machen wollten, murr-schnurr, murr-schnurr.

Einmal in den folgenden Tagen, er, mit dem Rad die König-Karl-Straße entlang. Wieder auf Streife. Wegen Anschlägen. Da sah er sie nahe der Konditorei Reiber. Als er vorhin dort vorbeigekommen war, war ihm im Schaufenster etwas aufgefallen. Er war vom Rad gestiegen, hatte es vors Schaufenster zurückgeschoben. Es war eine Urkunde über den dritten Platz beim Wettbewerb der baden-württembergischen Konditoreninnung, die im Fenster hing. Reibers Name stand darauf und der von Lisamaria und darunter hieß es, die süße Skulptur »Schwan auf blauem See« sei von der Jury mit siebenundsiebzig von möglichen hundert Punkten ausgezeichnet worden.

Er erkannte Christiane sofort, obwohl sie diese neue Frisur hatte, die ihr ausgezeichnet stand und die, da hatte Lisamaria recht, sehr weiblich wirkte. Aber er erkannte sie vor allem an der Art, wie sie sich beim

Laufen bewegte. Sie war nie eine große Sportlerin gewesen. Aber jetzt, mit dem Burschen, dem Kerl da an ihrer Seite, lief sie, hatte ein gelbes Trikot an, das schön zu ihren dunklen Haaren passte, und sie hatte schwarze enge Hosen an, die fast bis zu den Knien reichten, und lief mit dieser ungelenken Art. Der Kerl neben ihr lief kraftvoll, lässig, sprach dabei zu Christiane, wie es schien, die neben ihm Schritt zu halten suchte. Und diese weißen Laufschuhe mit hohen Sohlen, die der Mann anhatte, kannte König doch. Die hatte er doch schon mal vor ihrer Wohnung auf dem Treppenabsatz gesehen. Werden wohl hinauf in den Kurpark laufen, dachte König, werden dort ihre Runden drehen, wie das viele Leute hier im Stadtteil machten. König bremste, stieg ab, schob das Rad voran, wollte sie nicht überholen. Dann blieb er stehen, hielt das Rad am Lenker und blickte dem laufenden Paar nach. Er spürte auf einmal eine große Zuneigung zu der Frau, die dort neben einem ihm fremden Mann die Straße entlanglief, doch er empfand keinerlei Groll und auch keinerlei Eifersucht. Und in Gedanken wünschte er der Läuferin alles erdenklich Gute, und ja, er wünschte ihr auch, dass sie ein Kind bekäme.

Und als wäre von dem laufenden Paar dort vorne eine Kraft ausgegangen, so wusste König auf einmal, er würde nicht zu Neckar-Pharma zurückgehen, so generös das Angebot von Meisenhardt auch war.

Während er noch dastand, sein Fahrrad am Lenker hielt und den beiden dort vorne nachblickte, ertönte schrilles Vogelgeschrei und lautes Gequarre über den Dächern an der König-Karl-Straße, und vom Kursaal her, den man in seiner schlichten und wohlproportionierten Architektur in der Entfernung liegen sah, zogen drei, vier Paare der bunten Schreihälse, jeweils zwei der Vögel dicht nebeneinander, mit ihren raschen, kurzen Flügelschlägen lärmend über den Stadtteil hinweg. Da war König auf einmal, als könne ihm nichts und niemand mehr etwas anhaben, auch wenn das Leben noch so heftig auf ihn einschlüge.

»Ist das dein Wunsch?«

»Ja.«

»Ob ich den erfüllen kann, ich weiß nicht.«

»Du hast gesagt, ich dürfe mir was wünschen. Auch hierfür.« Sie klopfte mit der flachen Hand neben sich auf das Leintuch. »Ja schon. Aber wie soll das gehen?«

»Schau, so …«

Nachmittag des verabredeten Sonntags. Der war grau wie ein altes Teerpappe-Dach, über das eine graue Katze geht. Vier Uhr. Sie hatte in einer Plastiktüte alles mitgebracht, was zum Haarefärben nötig war. Doch zuvor komme ihre Wunscherfüllung als Preis fürs Haarefärben, hatte sie befohlen, hatte ihn vorne am Hosengürtel gepackt, ihn aus dem Wohnraum hinüber ins kleine Schlafzimmer gezogen. Dabei wieder ihr Katzenblick. Rasch hatte sie sich entkleidet. Ebenso rasch hatte sie ihn, der zuerst nur stand und schaute, entkleidet. Die Augen schmal gemacht, kätzisch zusammengekniffen.

»So soll das gehen?«

»Ja.«

»Ich weiß wirklich nicht.«

Sie zeigte hierhin, dorthin, bei sich, bei ihm, dann wieder bei sich, drehte sich auch, beugte sich.

»Na ja«, sagte er, »eine große Übung. Ich bin aber noch nie ein großer Bodenturner gewesen.«

»Sei kein Spielverderber, ja, bitte!«

»Wie sagen die Chinesen im Zirkus? Möge die Übung gelingen.«

Sie lachte. Und schon wurden, wie ihm vorkam, ihre Arme zu Tentakeln eines Kraken, eines Oktopus, worauf ihm sein Kopf sofort alten Lehrstoff aus seiner Hohenheimer Studentenzeit zuflüsterte: Oktopoden, artenreiche Ordnung achtarmiger Kopffüßler mit kurzem, sackförmigem Körper und sehr beweglichen, meist gleich langen Armen mit Saugnäpfen.

Eine Krake sei sie, ein Octopus vulgaris sei sie. Und eine Preisträgerin. Er habe die Urkunde im Schaufenster von Reiber gesehen, Gratulation, Gratulation.

»Oh Doktor, du mein lieber Akademiker.«

Es ging alles leichter, als er erwartet hatte. Und schöner und erregender als erwartet, war es auch.

Als sie wieder zu Atem gekommen war, auch wieder bequem lag, verlangte sie kategorisch, er müsse sie heiraten. »Ich möchte einen Doktor als Mann.«

»Ich bin noch nicht geschieden.«

»Dann mach mir ein Kind.«

»Ich versuch's ja ständig.« Er lachte wieder sein glucksendes Bubenlachen. Nein, Quatsch, sagte er, er wolle doch davon ausgehen, sie nehme diesbezüglich ein Produkt der Pharma-Industrie ein.

»Geheimnis, Geheimnis«, flötete sie und zog ihn an den Ohren zu sich. Da man nun bei so profanen Dingen wie Pillen angelangt sei, sagte er, wolle er sie ganz profan fragen, ob sie ihm nicht etwas Geld leihen könne.

»Soviel du willst und soviel ich habe, Herr Doktor.«

Er nannte ihr die Summe, erklärte ihr, dass er das Geld für eine hohe Kaution für eine kleine Wohnung brauche, die er in Aussicht habe. Hier könne er auf die Dauer nicht bleiben.

»Oh, der Herr ziehen um. Wohin denn?«

Nachdem er ihr einige Details bezüglich der Dachgeschosswohnung, auch die Straße, in der sie lag, sowie die Höhe der Kaution genannt hatte, verwies er darauf, dass in seiner Berechnung der Kaution der außergewöhnlich hohe Finderlohn für seinen Pasteur einen unverzichtbaren Posten darstelle. Nur, man müsse den Schwarzen, dessen entlaufener Doppelgänger ins gediegene Wohngebiet Muckensturm gehöre, noch mit weißen Tupfen an den Vorderpfoten und einem hellen Fleck am Bauch versehen, damit er hundertprozentig für den Entlaufenen gehalten werde. »Und das machen wir jetzt. Komm, finanzstarke Krake. Ich zeig dir auch den Anschlag von dem Vermissten.«

Drüben in dem kleinen Bad legten sie die Wanne der Dusche mit einem Handtuch aus. Pasteur sollte weich liegen. Lisamaria nahm die Utensilien, die zum Färben nötig waren, aus der Plastiktüte: Eine Glasschale, in der sie, wie sie sagte, das Blondierpulver anmischen werde. Ein Glasstift zum Umrühren. Die Flasche mit dem neun- bis zwölfprozentigen Wasserstoffperoxid. Einen Pinsel, mehrere Tuben, Shampoo. Schon zog sie sich Gummihandschuhe über und griff zu dem in einer Klarsichtfolie befindlichen Anschlag, den König geholt hatte und der den Vermissten zeigte. Man erkannte seine hellen Flecke an den Vorderpfoten, die wie kurze weiße Söckchen aussahen. Und da er auf dem Foto auf der Seite lag, konnte man auch die helle Stelle an seinem Bauch erkennen. »Vermisst«, stand in großen Buchstaben unter dem Foto. Und weiter hieß es: »Schwarzer, schlanker Kater.« Als besondere

Merkmale war die weiße Zeichnung genannt. Die Straße, die Hausnummer und eine Telefonnummer waren vermerkt, und als Finderlohn waren achthundert Euro genannt.

König öffnete die Packung Medetomidin, nahm eine der Ampullen heraus, schnippte mit dem Finger dagegen, köpfte sie mit der kleinen, beigegebenen Feile, löste die Spritze aus ihrer Plastikumhüllung und zog sie mit dem Beruhigungsmittel auf. Die volle Spritze legte er sich griffbereit zurecht, Handgriffe, wie er sie in seinem Berufsleben viele Male ausgeübt hatte.

»So, jetzt hole ich ihn«, sagte er. Er habe ihn, bevor sie gekommen sei, schlafend im Palast gesehen. »Hoffentlich ist er noch da.« Sie war nur in ihren Slip geschlüpft, hatte sich ihren BH übergestreift. Er war ohne Unterhose in seine Jeans gestiegen, hatte sich sein Unterhemd übergezogen.

Mit wenigen Worten erklärte er Lisamaria, wie man vorgehen werde, wie sie Pasteur halten solle, damit er ihm rasch die Beruhigungsspritze verabreichen könne. »Weißt du, die Spitzen der Spritzen sind so scharf, dass man die Einstiche fast nicht spürt.« Sie solle ihn bei abgewinkeltem rechten Arm auf ihren Unterarm legen und mit der linken Hand sanft seine Vorderpfoten halten. Dann werde er ihm ins Nackenfell greifen und ihm die Spritze geben. Zuvor werde er ihn noch ordentlich füttern. Und wenn er dann satt, beruhigt und beinahe betäubt sei, lege man ihn aufs Handtuch in der Dusche und sie könne mit dem Färben beginnen. »Es wird wunderbar aussehen«, sagte er, »er, schwarz wie der Katzenteufel auf deinem Unterarm unter deinem weißen Busen.«

»Du bist ein Voyeur, Herr Doktor.«

»Klar, das bin ich, aber ja.«

»Doktor, Doktor, Doktor …«

Pasteur liegt auf der Seite auf dem Handtuch. An der sanften Bewegung seiner Flanke erkennt man, er atmet ruhig, das Medetomidin wirkt. Um sicherzugehen, hat König die Dosis des Beruhigungsmittels deutlich erhöht. Und während Lisamaria in der mitgebrachten Glasschale das Blondierpulver mit Wasserstoffperoxid versetzt, mit dem Glasstab umrührt, dabei mehrmals auf den neben ihr am Boden liegenden Anschlag blickt, sagt sie schließlich, er, König, sei doch gegen Tierversuche. Das hier sei auch so etwas Ähnliches. Ob er denn keine Gewissensbisse habe.

»Doch, schon ein wenig«, antwortet er. Aber er wisse auch, dass Pasteur bei der ganzen Angelegenheit keine Schmerzen leide, von dem kleinen Pieks der Spritze einmal abgesehen. »Weißt du, dass du zauberhaft aussiehst? Eine Frau in weißer Unterwäsche, die vor einem schwarzen Kater kniet …«

Lisamaria begann bei den Vorderpfoten, trug mit dem Pinsel die cremige Substanz aus der Glasschale auf, teilte mit zartem Griff das schwarze Fell an den Pfoten, sagte, »diese abgeteilten Haarsträhnen nennen wir Passé«, ging kurz darauf auf Pasteurs Bauch über, vergewisserte sich noch einmal mit einem Blick auf die Suchanzeige mit dem Foto, wo der helle Fleck anzubringen sei, trug mit dem Pinsel die Paste auf. Währenddessen sprach König beruhigend auf Pasteur ein, kraulte ihm auch den Kopf, was dieser geschehen ließ. Er hatte ihn zuvor auch reichlich mit Knuspertaschen gefüttert. Und der Kater mochte die Pinselstriche, mit denen Lisamaria die Farbsubstanz auftrug, auch als Streichelei empfinden. Nachdem sich die eingefärbten Stellen nach einer Weile rot, dann orange, dann gelb und schließlich hellgelb und weiß verfärbt hatten, brachte sie etwas Shampoo auf, ließ es kurz einwirken, füllte dann Königs Zahnputzbecher mit Wasser und wusch restliche Farbe und das Shampoo weg, wobei sie auch hierbei den Pinsel benutzte. Alles war schnell gegangen und ohne, dass Pasteur Angst oder gar Panik gezeigt hätte.

Das Haus im Muckensturm war eine stattliche Villa. Noch etwas kurzatmig nach der anstrengenden Fahrt mit dem Fahrrad hier herauf und dann ins Wohngebiet herein, läutete er. Nichts rührte sich. Es war kein

Namensschild am Eingang neben dem Tor zu sehen. Aber die Hausnummer stimmte. Er läutete abermals. Dann, als er etwas im Inneren des Hauses hörte, fasste er den blauen Transportkäfig, in dem sich Pasteur befand und sich ruhig verhielt, am Griff und hob ihn hoch. In der Tür erschien eine Frau mit Kopftuch, die einen Wischlappen in der Hand hielt und die, nachdem König gesagt hatte, worum es ging, in gebrochenen Deutsch erklärte, der Herr Professor und seine Familie wohnten nicht mehr hier. »München, München«, sagte die Frau. Sie mache sauber für neue Herrschaften. Herr Direktor Langenbrink. »Daimler, Daimler, morgen Möbelwagen.« Sie mache nur sauber.

Die Rückfahrt vom Muckensturm war nicht mehr so kräftezehrend, vor allen Dingen nachdem er die Senke und den folgenden Anstieg auf der Höhe des Friedhofs hinter sich gebracht hatte.

Richtung Rieselfeld und flussaufwärts dann. »Du musst halt jetzt noch bei uns bleiben«, sagte er, griff nach hinten und klopfte auf das Behältnis. Pasteur ließ ein verhaltenes Maunzen hören. Auf dieser Seite des Flusses fuhr man als Radfahrer auf dem Gehsteig, der sich neben der Straße nach Hofen entlangzog. Rechts im Steilabfall sah man ockerfarbene Felsen und auf halb verfallenen Terrassen windschiefe Hütten und Schuppen, die zu Kleingärten gehörten, weiter in der Entfernung schlossen sich Weinberge an. Am Münstersteg querte er den Fluss. Und während er die steile Rampe zur Brücke hinauffuhr, wo eine alte Frau ihren Rollator hinaufschob, dachte er, er würde Lima bitten, ihm auch noch mit zusätzlichen achthundert Euro auszuhelfen, die ihm als Finderlohn entgangen waren.

Als er die Elbestraße hinauffuhr, dann zum Gartenhaus blickte, traf ihn fast der Schlag. Dort stand ein großer gelber Bagger und hinter ihm sah man den hellen Quader eines Baucontainers.

Der Bauleiter war freundlich, sagte, man habe nur das Material gebracht, anfangen werde man in vier Tagen. Er rief Specht an. Was das solle. Ob er ihm das Dach über dem Kopf abreißen lassen wolle. »Ich dachte, du hast eine Wohnung in Aussicht, Karlheinz. Der Breuninger hat wahnsinnig gedrängt.« »Mensch Hartle, Hartle, mach halblang, Mensch«, sagte König. Und nachdem er von Specht gehört hatte, dass er in den nächsten Tagen kommen und das Gartenhaus ausräumen werde, er müsse ohnehin wieder zu seinem Urologen in der König-Karl-Straße, jetzt sei endlich ein neues Medikament gegen Blasenentzündung auf dem Markt, das wolle sein Doktor an ihm testen, drückte König auf seinem Handy die Auflegetaste. Als er die Vermieterin der Dachgeschosswohnung anrief und fragte, ob er nicht schon früher einziehen könne, er werde sofort die Kaution bezahlen, sagte sie: »Sie könnat gar net einziehe, Herr Dokta. Die Wohnung isch scho vergäbe. An an jonga Dschurnalista von der Zeitung. Des isch a Mieta, wo i mag. Ond sei Mutta, sagta, macht d' Trepp.«

Er schaute auf die Uhr. Halb sechs. Er war froh, dass er die Nummer vom Salon »haar–fein« im Handy hatte. Es sei dringend, sagte er. Jene Bettina, die ihm so angenehm den Kopf gewaschen und massiert hatte, holte Lisamaria an den Apparat. Sie müsse, wenn sie Schluss habe, heraus ins Rieselfeld kommen, sagte er. »Mittlere Katastrophe«.

Die Bauleute fuhren ab. Er schob das Fahrrad aufs Gelände, lehnte es ans Haus. Pasteur wollte aus der Transportbox heraus, schimpfte laut. König ging zum Palast. Dort war keiner zu sehen. Der Lärm der Bauwagen hatte sie wohl vertrieben. Er blockierte die Katzenklappe, sodass niemand mehr hereinkommen konnte, versperrte auch die Katzenklappe draußen im Zaun. Dann ging er zum Fahrrad zurück, schnallte die Transportbox vom Gepäckträger, schloss das Haus auf, trug sie in den Wohnbereich und stellte sie aufs Sofa. »Junge, Junge«, sagte er zu Pasteur, »bleib vorerst mal da drin, bis wir wissen, wie's hier weitergeht.« Er gab Pasteur die restlichen Knuspertaschen, häufelte sie im Inneren der Box vor seiner Nase hin und schloss das Türchen wieder. Er holte seine zwei Koffer aus dem Geräteschuppen und begann im Schlafzimmer seine Kleider aus dem Schrank und der Kommode in die Koffer zu räumen.

Als er den Mini von Lisamaria draußen vor dem Zaun hörte und sie dann in der Tür des Schlafzimmers stand, trat er auf sie zu und ließ sich in ihre Arme fallen, als werde er soeben ohnmächtig. Noch während sie sich umarmt hielten, informierte er sie mit wenigen Worten über die Situation.

»Und was machen wir jetzt?«, fragte sie und er hörte an ihrer Stimme, sie ahnte, was er dachte.

»Ja, was?«, antwortete er. »Wir packen hier zusammen. Der Krempel passt in die zwei Koffer. Aber die zwei Koffer und meine alte Schreibmaschine und die Katzentransportbox passen die auch alle in deinen Mini?«

»Wenn wir die Lehne der Rücksitze umlegen. Und das hier sind ja nicht gerade riesige Überseekoffer.«

»Schön.«

»Und wohin fahren wir?«

Er hielt sie rechts und links an den Schultern, streckte die Arme, schob sie in die Distanz, blickte sie an.

»Oh, König, König …«

Er lächelte. Auch sie lächelte und machte wieder schmale Augen.

»Du meine Friseuse – nein, nein –, du meine Friseurmeisterin mit Katzenblick.«

»Apropos. Was wird mit den Katzen?«, fragte sie und wandte sich dem offenen Schrank zu.

Die seien draußen. Müssten halt jetzt wieder alleine zurechtkommen. »Katzen können das.« Den Palast habe er verschlossen und auch die Klappe im Zaun habe er zugemacht. »Die werden ja sonst verrückt, wenn sie hier sind und die Bauarbeiten beginnen.«

»Aber …«

»Was aber …?«

»Ist es gut, was du jetzt willst?«

»Sehr gut.«

Was er sich da ausgedacht habe, gehe nur, wenn er sich aufführe wie ein ruhiger, anständiger Untermieter, sagte sie, während sie ihm einen Stapel seiner Unterhemden reichte, die er in einem der Koffer verstaute.

»Wie ein Untermieter, ja, aber ja«, sagte er.

»Und ohne die Vermieterin zu bedrängen. Oder gar sexuell zu belästigen.«

»Keinerlei Belästigung. Weder sexuell, noch sonst wie. Ich schlafe auch auf dem Fußboden.«

»Das wäre ja noch schöner. Mensch, Doktor Karl«, sagte sie, »dass ich dir all die Jahre die Haare geschnitten habe, ohne zu merken, wer du wirklich bist.«

»Ja, wer bin ich denn, Friseusen-Lima?«

Sie warf ihm ein Bündel zusammengerollte Socken an den Kopf.

Eine Stunde später fuhren sie mit dem vollgepackten Auto langsam die Elbestraße hinunter. Der Wagen saß tief in der Federung. Mit Müh und Not hatte alles ins Auto gepasst. Seine alte Schreibmaschine hatten sie seitlich hochkant neben die Koffer geklemmt, und vor König stand im Fußraum des Beifahrersitzes die blaue Transportbox mit Pasteur darin. Der hatte sich wohl völlig in sein Schicksal ergeben, hatte sei geraumer Zeit nichts mehr von sich hören lassen. Eine leichte und helle Stimmung hatte sich, wie König merkte, zwischen ihm und Lisamaria ausgebreitet, ein Gefühl der Unternehmungslust und Zuversicht, so wie es in dem Moment gewesen war, als er vor der alten Frau mit ihrem Regenschirm zu Lisamaria ins Auto geflohen war. Er hatte gespürt, wie sie die Handgriffe, die sie in der letzten Stunde gemacht hatten, einander noch nähergebracht hatten, beinahe wie eine Reihe ungewöhnlicher erotischer Zärtlichkeiten.

Als sie unten an der Einmündung der Mainstraße in die Elbestraße waren, nahe einem Lokal, das »Da Mama Maria« hieß, bemerkte König etwas bei den überdachten Fahrradständern, die sich dort auf der anderen Straßenseite befanden.

»Langsam, langsam«, sagte er und Lisamaria bremste.

»Halt bitte an«, sagte er dann, fasste schon den

Türgriff, hob sein linkes Bein über die Transportbox, um aussteigen zu können.

»Dort drüben … Die nehmen wir mit.«

Er stieg aus und überquerte die Straße. Behutsam näherte er sich ihr, ging in die Hocke, hielt ihr die Hand hin, worauf Anita herbeikam und an seiner Hand schnupperte. »Na, Schätzchen«, sagte er, »bist du allein hier draußen?« Er fasste sie behutsam um den kleinen warmen Körper und hob sie auf seinen Arm herauf. Mehrmals ließ sie ein halblautes, spitzes »Miii …, Miii …« hören.

Dann stand er da und blickte sich um. Neben den überdachten Radständern erstreckte sich zu den Kleingärten hinauf ein Rasenstück, das sich auch nach rechts hin zog, wo parallel zu Straße und Flussufer die Geleise der Straßenbahnlinie vierzehn verliefen. Und während er Anita auf seinem Arm streichelte, sah er ihn dort dicht bei den Schienen liegen. Er erkannte ihn an der Zeichnung des Fells. Ja, er war es. Es konnte kein Zweifel sein, auch wenn sein Kopf zerschmettert und nur noch ein unförmiger blutiger Klumpen war. König ging hinüber, und während er sich vor dem Kadaver niederhockte, erfasste ihn ein heftiges Gefühl der Trauer, der Wehmut und der Bitterkeit. »Hippokrates«, sagte er leise und streichelte die Kleine auf seinem Arm, »du mein guter kluger Freund.«

Er ging zum Auto zurück und teilte Lisamaria mit, was sich ereignet hatte und fragte sie, ob sie eine Plastiktüte im Auto habe. »Ja«, sagte sie, »hinten im Kofferraum neben dem Erste-Hilfe-Kasten müsse eine sein.« Er öffnete die Autotür und übergab Lisamaria die kleine Anita, die sie auf ihren Schoss bettete. Dann sagte er Lisamaria, was er vorhatte.

Den toten Hippokrates in der Plastiktüte neben dem Transportkäfig im Fußraum, die Totenstarre war noch nicht eingetreten, so fuhren sie zum Gartenhaus zurück. Er stieg mit der Plastiktüte aus, ging auf das Gartenhausgelände und dort zum Geräteschuppen, wo sich, wie er wusste, ein Spaten befand. Mit diesem auf der Schulter, die Tüte in der anderen Hand, so verließ er das umzäunte Gartenhausareal und ging, vorbei an dem großen gelben Bagger und dem Baucontainer, langsam über die Wiese das Rieselfeld hinauf. Lisamaria saß nahe dem Bagger und dem Container mit Anita auf dem Schoß im Auto.

Während er den Wiesenhang hinaufging, spürte er, wie ihn ein Schmerz und eine Trauer ergriffen, die er nicht für möglich gehalten hätte. Und natürlich sind sie die Besseren, dachte er wieder. Auch wenn sie keine Sprache haben. Aber Hippokrates hat immer mit dir gesprochen. So wie es Sauerbruch getan hat, als wir in die Taubenheimstraße zu dieser Frau Doktor Schmückle-Bräuchle gefahren sind. Der Mund wurde ihm trocken. Er hätte sie nicht weggeben sollen, dachte er. Er hätte mit ihnen leben, weiterleben sollen, bis sie und er alt geworden wären. Und diesen dummen Zirkus mit dem Umtausch und dem Finderlohn hätte er unterlassen sollen.

Auf einmal war ihm, als sei das Verhältnis, das er zu ihnen gehabt hatte und noch hatte, das wichtigste Gefühl, das er je empfunden hatte. Sei nicht albern, sagte er sich. Sei nicht sentimental. Deine Gefühle zu Christiane anfänglich und zu Lisamaria jetzt sind ja wohl auch etwas. Und in den Labors verrecken sie zu Tausenden und kein Hahn kräht nach ihnen. Ja, ja, dachte er, die Genesis, die Genesis eins, und er repetierte: Gott schuf also den Menschen als sein Abbild. Als Mann und Frau schuf er sie. Seid fruchtbar und vermehret euch, bevölkert die Erde, unterwerft sie euch, und herrscht über die Fische des Meeres, über die Vögel des Himmels und über alle Tiere, die sich auf dem Land regen … Ja, die Genesis, dachte König. Einer seiner Professoren in Hohenheim hatte damals, wie er sich entsann, diese Passage oft zitiert, verknüpft mit dem Verweis, die christliche Ethik stelle das Leid der Tiere nicht gleichberechtigt neben Schmerz und Leid des Menschen, da nur dessen Seele unsterblich sei.

Und jener Professor, Weigend-Morgenrot hieß er, wie König jetzt einfiel, zitierte bei solcher Gelegenheit immer wieder auch aus der Vogelpredigt des Heiligen Franz von Assisi, sodass sie als Studenten den Text dann oft schon auswendig kannten, den Königs Gedächtnis ihm jetzt zuspielte: Meine Brüder Vögel! Gar sehr müsst ihr euren Schöpfer loben und ihn stets lieben; er hat euch Gefieder zum Gewand, Fittiche zum Flug gegeben und alles, was ihr nötig habt. Ihr sät nicht und erntet nicht, und doch schützt und leitet er euch, ohne dass ihr euch um etwas zu kümmern braucht. Bei diesen Worten jubelten die Vögel und fingen an, die Hälse zu strecken …

Während König weiterging, wechselte er das Erinnerungsfeld und dachte an die Chinesen, die den Tieren eine Seele zusprachen und es fiel ihm wieder dieser Tempel, der Gotokuji-Tempel in Tokio ein und die Verehrung, die die Menschen dort der großen Statue einer Katze entgegenbrachten. Er spürte auf einmal, dass er sie alle sehr gemocht hat, den Sauerbruch, den Barnard, die Semmelweis, die Röntgen und den Hippokrates natürlich. Und der Pasteur und die kleine Anita waren ja noch da. Er wird Lisamaria bitten, dass sie bleiben können, ganz gleich, wie die räumlichen Verhältnisse sind.

Als er auf der ansteigenden Wiese zu einem großen, frischen Maulwurfshaufen kam, blieb er stehen, legte die Plastiktüte ab, nahm den Spaten von der Schulter und begann in der lockeren Erde des Maulwurfshaufens eine Grube auszuheben. Und während er dies tat, fielen ihm auf einmal all die verdrängten und ausgelöschten Tiere und Tierarten ein, und er dachte, dies sei eine abschüssige Bahn, auf der die Menschen immer einsamer dahinschlidderten. Diese Gedanken lösten in ihm eine solche Beklemmung aus, dass sein Atem nur noch stoßweise ging und seine Hände, die den Spaten hielten, schweißnass wurden. Doch dann sagte er sich, er solle doch an die Papageien denken, und wie sie durchkamen und sich durchkämpften und sich zurechtfanden hier im Flusstal und im Stadtteil, wo sie ihre Lebendigkeit immer wieder schreiend und flatternd über den Dächern verkündeten.

Während er kurz darauf Erde auf die Plastiktüte schaufelte, die in der Grube lag, stand sie plötzlich neben ihm und sagte mit einer Stimme, in der, wie ihm vorkam, alles Leben mitzuschwingen schien, das nur je eine Frau in die Welt zu bringen vermag: »Komm, Katzenkönig, komm. Hier liegt er gut. Und von hier aus ist es nicht weit zum Katzenhimmel.«

Sie wohne im westlichen Teil der Stadt, sagte sie, als man parallel zu Fluss und Straßenbahnschienen fuhr. Forststraße, sagte sie. Hochparterre am Hang. Altbau. Hinterm Haus erstrecke sich ein weitläufiges Gartengebiet. Entweder sie ließen sie dort frei laufen oder hielten sie nur in der Wohnung. »Du kriegst mein

Bügelzimmer. Da steht eine Schlafcouch drin und ein Schrank. Dort kannst du bleiben, bis du was Eigenes gefunden hast. Das Bad können wir uns teilen, wo wir den neuen Duschschlauch eh schon gemeinsam gekauft haben.« Sie lachte.

Er sagte nichts. Er spürte, wie die kleine Anita, die er auf seinen Oberschenkeln sitzen hatte, zu schnurren begann. Pasteur verhielt sich ruhig.

Es sei eine verrückte Idee, begann er, aber jetzt, da er die Kaution für die Dachwohnung nicht brauche und demnächst auch seine Zahlungssperre beim Jobcenter auslaufe, er somit wieder etwas flüssig sei, könnten sie mit dem Geld doch, »du und ich«, nach Tokio fliegen und dort den berühmten Tempel mit der berühmten Katzenstatue besuchen. Und als sie fragte, was es denn mit Tempel und Katzenstatue auf sich habe, erklärte er, es gebe eine Legende, die beschreibe, wie es gekommen sei, dass Katze und Statue in dem Ruf stünden, den Menschen Glück zu bringen.

»Und wie geht diese Legende?«, fragte Lisamaria, während sie an der großen Brücke über den Fluss fuhren um dann auf der B 14 in den Tunnel am Schwanenplatz einzutauchen.

»Der Tempel«, begann König, »der heute als Gotokuji-Tempel bekannt ist, lag im siebzehnten Jahrhundert nahe dem Ort Edo, heute ist dies Tokio.« König räusperte sich, dann fuhr er fort: »Obwohl der

Tempelpriester sehr arm war und kaum genug zu essen hatte, nahm er eines Tages eine verirrte Katze auf, die er Tama nannte.« Die Situation des Tempels habe sich sehr verschlechtert, und eines Tages habe der Priester daher zu Tama gesagt, sie solle ihn verlassen und für sich selbst sorgen.

Man fuhr aus dem Tunnel hinaus und nun auf der Schnellstraße den Park entlang, der mit hohen Halbschalen aus Beton, riesigen, aufgeschnittenen Röhrenknochen nicht unähnlich, zu den Fahrbahnen hin abgegrenzt war.

Die Katze habe sich nicht weit vom Tempel entfernt, fuhr König fort. »Sie setzte sich neben der Straße hin und begann sich zu putzen, als sich ein schwerer Sturm erhob und ein heftiges Gewitter aufzog. Und hör, was dann passiert ist. Ein Samurai ist mit seinen Männern des Wegs gekommen und hat unter einem nahen Baum Schutz gesucht. Als der Samurai jedoch gesehen hat, dass Tama die Pfote hob, als ob sie ihn warnen wollte, entfernte er sich mit seinen Männern von dem Baum, in den kurz darauf ein Blitz einschlug. Die Katze hatte ihm und seinen Begleitern das Leben gerettet. Na, das ist eine Geschichte, wie?«

König schaute zum Seitenfenster hinaus, hinter dem die vertrauten Gebäude der Stadt vorüberzogen. Der Turm des Bahnhofs dann in der Entfernung, klobig, kantig und die Außenwand wie die Schuppen einer Panzerechse aussehend. Die Flanke des Bahnhofs, aufgerissen wie ein länglicher Bienenstock, in den ein wütender Grizzly mit brutaler Pranke hineingeschlagen hat. Die Oper und das Theater, der Quader des Landtags, bräunlich schimmernd wie die Flügeldecken von Maikäfern. Auf dem Dach des Kunstvereins drüben der Hirsch im Sprung.

»Und, hör zu«, sagte König, »so geht die Geschichte weiter: Der Samurai und seine Männer folgten Tama zu dem Tempel, zu dem sie zurücklief, und wurden von dem Priester willkommen geheißen. Aus Dankbarkeit hat der Samurai und seine Familie den Tempel großzügig unterstützt.« Und als die Katze gestorben sei, habe man ihr auf dem Tempelfriedhof einen Ehrenplatz eingeräumt und zu ihrer Erinnerung eine Statue errichtet. »Die Menschen begannen nach dem Vorbild der Statue kleine weiße Katzenfiguren in ihren Häusern aufzustellen, weil sie glaubten, diese würden ihnen Glück bringen, so wie die Katze Tama dem Samurai und seinen Männern Glück gebracht hat.« Der Gotokuji-Tempel bestehe noch heute in Form einer schönen hölzernen, mit Schnitzereien verzierten Pagode, schloss König.

Schweigend hatte Lisamaria zugehört. Man war bei der Paulinenbrücke von der Schnellstraße abgebogen, war die Rotebühlstraße hinauf und über die Schwabstraße hinüber zur Bebelstraße gefahren.

»Und dort willst du hin?«, fragte Lisamaria.

»Ja.«

»Mit mir?«

»Ja, mit dir.«

Sie schaute her zu ihm. Eine Sekunde lang, zwei Sekunden, drei Sekunden. Wieder die Augen schmal, als wüsste sie alles. »Ich verstehe«, sagte sie dann leise, »ich verstehe.«

In diesem Augenblick schoss ein weißer, kastenförmiger Lieferwagen aus der Einfahrt neben einem Chinarestaurant heraus. Lisamaria musste eine Vollbremsung machen, um einen Zusammenstoß zu vermeiden. Beide wurden sie in die Gurte geworfen. Von dem Ruck fiel König beinahe Anita vom Schoss. Die blaue Transportbox war, während ein lautes Maunzen aus ihr drang, im Fußraum nach vorne gerutscht.

Als man dicht vor dem Lieferwagen, der nun gleichfalls angehalten hatte, zum Stehen gekommen war, hob König den Blick und sah, was auf der Seite des Wagens stand. Dort stand: »Schwabenfleisch – Ihr Metzger Breuninger. Fleisch von glücklichen Tieren.«

Dies ist, was Personen, Handlung und die Darstellung von Wirtschaftsunternehmen betrifft, ein Werk der freien Erfindung und der Fiktion. Ähnlichkeiten mit lebenden Personen und wirklichen Einrichtungen wären rein zufällig. Doch die Fiktion braucht den Blick auf die Wirklichkeit. Und die Wirklichkeit ist der beste Ratgeber der Fiktion.

Quellen

Die Schilderungen von Experimenten an Tieren und die Darlegungen der Psychotherapeuten Dr. Margot und Dr. Herbert Stiller sind entnommen der Internetplattform www.katzeninfo.com/kin/tierversuche/html. Die Episode mit der Katze in Freuds Mittwochsgesellschaft findet sich in dem Buch »1913«, von Florian Illies. Eine Reihe von Fakten und Darlegungen sind der Informationsschrift der Organisation »Ärzte gegen Tierversuche« entnommen. Der Artikel über Anita Ekberg und den Film »La Dolce Vita« ist erschienen in der Stuttgarter Zeitung vom 29.9.2011.

Mein Dank gilt: Meiner Frau Annegret für stete Unterstützung und geduldige Begleitung. Silke Bitz, Pressereferentin von »Ärzte gegen Tierversuche« für mancherlei Fakten. Natascha Houlias für Hinweise auf friseurtechnische Details. Meinem verstorbenem Kater Schnurrax Henry Keuner, von dem ich viel über das Wesen der Katzen gelernt habe.

ISBN 978-3-86351-076-3

Lektorat: Petra Wägenbaur, Tübingen.
Umschlaggestaltung: Christiane Hemmerich
Konzeption und Gestaltung, Tübingen.
Herstellung: Horst Schmid, Mössingen.
Satz: CompArt, Mössingen.
Druck und Einband: Pustet, Regensburg.

Mehr über das Verlagsprogramm von Klöpfer & Meyer
finden Sie unter *www.kloepfer-meyer.de*

Rainer Wochele
Sand und Seide
Roman

256 Seiten,
geb. mit Schutzumschlag

»Sand und Seide« wirft ein Schlaglicht auf das moralische Befinden unserer modernen Gesellschaft. Ein deutsches Sittenbild.

»Wenn aus der Zufallsbekanntschaft zweier völlig ungleicher Menschen Liebe wird … Eine Liebesgeschichte voll erotischer Spannung, glänzend erzählt.«
Mario Andreotti

»Fantasievoll, oft ironisch und komisch. Erlebte Rede, direkte Rede, innerer Monolog, Dialoge, Vergleiche, Metaphern, Bilder und Rückblenden werden kunstvoll eingesetzt.« **Johanna Walser, Südkurier**

»Ein wahrlich meisterhaft zu nennendes Buch von höchster gesellschaftlicher Aktualität.«
Buchprofile – Medienprofile

KLÖPFER&MEYER